LA TRADUCTION EST
UNE HISTOIRE D'AMOUR

DU MÊME AUTEUR

Mon cheval pour un royaume, Éditions du jour, 1967 ;
    Leméac, 1987

Jimmy, Éditions du Jour, 1969 ; Leméac, 1978 ; Babel,
    1999

Le cœur de la baleine bleue, Éditions du Jour, 1970 ;
    Bibliothèque québécoise, 1987

Faites de beaux rêves, L'Actuelle, 1974 ; Bibliothèque
    québécoise, 1988

Les grandes marées, Leméac, 1978 ; Babel, 1995

Volkswagen blues, Québec-Amérique, 1984 ; Babel,
    1998

Le vieux Chagrin, Leméac / Actes Sud, 1989 ; Babel,
    1995

La tournée d'automne, Leméac, 1993 ; Babel, 1996

Chat sauvage, Leméac / Actes Sud, 1998 ; Babel, 2000

Les yeux bleus de Mistassini, Leméac / Actes Sud, 2002

JACQUES POULIN

LA TRADUCTION EST UNE HISTOIRE D'AMOUR

roman

LEMÉAC / ACTES SUD

Leméac Éditeur remercie le ministère du Patrimoine canadien, le Conseil des arts du Canada, la Société de développement des entreprises culturelles du Québec (SODEC) et le Programme de crédit d'impôt du Gouvernement du Québec du soutien accordé à son programme de publication.

© LEMÉAC, 2006
ISBN 2-7609-2539-0

© ACTES SUD, 2006
pour la France, la Belgique et la Suisse
ISBN 2-7427-6102-0

Illustration de couverture :
Toulouse-Lautrec, *Jeune femme aux cheveux roux*

Cette histoire, pourtant assez courte,
n'est pas venue sans mal :
heureusement que Pierre Filion regardait
par-dessus mon épaule.

J. P.

En définitive dans cette affaire, il s'agit bien de couple et nous parlons d'amour. Oui nous parlons de traduction dont la définition est, d'abord, d'être un transport. Transport de langue ou transport amoureux.

ALBERT BENSOUSSAN
Traduction et création.

Chaloupe - chat, gros
Intrus - chat, efflanqué, noir, g.
Monsieur Waterman - ·donné un grimace, un
écrivan, son meilleur ami,
deux fois son âge, a un
Toyota blue
Marine - l'auteur, sa mère et irlandaise, cimière
rousse, yeux verts, sautes humeur.

1

UNE CHATTE OBÈSE

Nue comme une truite, je sortais de l'étang avec une poignée d'algues dans chaque main, lorsque tout à coup je vis ma chatte se ruer tête baissée vers une petite chose noire qui descendait la côte menant au chalet.

Quand elle surveillait son territoire, la vieille Chaloupe faisait semblant de dormir sur la table à pique-nique qui est à mi-chemin entre le chalet et l'étang. Un intrus venait de paraître au milieu de la côte, alors elle fonçait sur lui ventre à terre. Je suis traductrice, j'aime les mots, et si je dis *ventre à terre*, ce n'est pas une figure de style : son ventre traînait vraiment à terre.

L'intrus était un jeune chat efflanqué, aussi noir que le poêle. En voyant la grosse chatte se précipiter vers lui, il bondit hors de la route, traversa la pelouse comme une flèche et disparut dans les buissons qui bordent mon terrain. Chaloupe renonça à le suivre et regagna son poste d'observation en trottinant. Son ventre se balançait à chaque pas : de là venait son nom.

Monsieur Waterman sortit du chalet. Il s'était réveillé plus tôt que prévu. Je remis mon bikini et un t-shirt par-dessus, mais sans me dépêcher. Pour me dire qu'il avait assisté à la poursuite, il mima avec ses hanches le mouvement ondulatoire de la chatte obèse et m'adressa une grimace comique. En général, les hommes ne m'inspiraient pas confiance, mais je faisais une exception pour lui. C'était mon

11

meilleur ami, même s'il avait deux fois mon âge et qu'on ne se connaissait pas depuis longtemps. Il était écrivain et travaillait à un nouveau roman.

De mon côté, j'avais entrepris de traduire un de ses livres, celui qui parlait de la Piste de l'Oregon. S'il existait un moyen de rejoindre quelqu'un dans la vie – ce dont je n'étais pas certaine –, la traduction allait peut-être me permettre d'y arriver.

Ce jour-là étant un samedi, nous avions congé l'un et l'autre. Il avait quitté la Tour du Faubourg, à Québec, pour passer la fin de semaine avec moi au chalet. Le mois de mai commençait à peine, l'eau de l'étang était glacée. À l'île d'Orléans, il fait toujours plus froid qu'en ville. J'étais heureuse de voir sortir les feuilles et s'allonger les jours, car l'hiver avait été rude. À plusieurs reprises, la poudrerie avait bouché le chemin de terre, me forçant à me déplacer en motoneige.

2

LA VOIX ENREGISTRÉE

Avant de monter dans son 4×4 Toyota bleu, qu'il appelait *Le Coyote*, monsieur Waterman cria mon nom :

— Marine ?

— Oui !

— Je vais acheter les journaux !

C'était le début de l'après-midi. L'écrivain avait fait la sieste et, pendant ce temps, j'avais recommencé à enlever les algues de l'étang. En bikini, cette fois.

Je m'appelle Marine. C'est la version adoucie de *Maureen*, le nom de ma mère, une Irlandaise. J'ai hérité de sa crinière rousse, de ses yeux verts, de ses sautes d'humeur. Vous souvenez-vous des colères de Maureen O'Hara dans *Un homme tranquille*, le film de John Ford ? Eh bien, c'était le portrait tout craché de ma mère.

Le Coyote disparut en haut du chemin de terre. Le soleil, qui arrivait de ce côté, dépassait maintenant la cime des arbres et réchauffait le chalet, l'étang en contrebas et, au bout du terrain, la parcelle verdoyante que j'appelais la « Croisée des murmures ».

L'étang, de forme ovale, faisait environ vingt-cinq mètres sur quinze. Un quai en bois sur pilotis (pour monsieur Waterman, c'était plutôt une jetée) avait été construit à l'extrémité la plus proche du chalet. Partout sur la rive, il y avait des arbustes, des quenouilles et des fleurs sauvages. Je suis moi-même un peu sauvage, si vous voulez le savoir. Je fais toujours ce qui me plaît. Les seules règles que j'accepte sont celles de la grammaire. Je suis à l'aise dans l'eau, je nage comme un poisson, je me faufile entre les algues qui restent.

Les maudites algues, je n'en finis pas de les arracher. Elles prolifèrent, se multiplient presque à vue d'œil. En plus de rendre l'eau trouble et même visqueuse, elles constituent une menace pour tout ce qui vit dans l'étang et aux alentours : truites, grenouilles, ouaouarons, libellules, martins-pêcheurs, hérons et ratons laveurs.

Ce jour-là, je consacrai une heure à cette tâche qui, de surcroît, me donnait l'obscur sentiment de faire du ménage dans ma vie amoureuse – je suis une grande psychologue. Pendant ce temps, monsieur Waterman revint avec les journaux. Il sortit sa chaise longue (une Lafuma orange et verte) et s'installa comme d'habitude au bord de l'étang. Je le vis ouvrir *Le Devoir* et s'absorber dans la lecture du cahier littéraire, laissant choir le reste du journal dans l'herbe. Il lisait toutes les critiques de livres. Je l'entendais maugréer contre l'emploi des expressions *d'entrée de jeu, au niveau de* et surtout *incontournable,* mais il lisait quand même les articles jusqu'à la fin.

Pour l'épater, je pris ma course sur la jetée et piquai une tête dans l'eau, profonde de deux mètres à cet endroit. Les ouaouarons, affolés, se cachaient sous les pierres, et les truites se coulaient avec élégance entre les algues. Retenant mon souffle, je nageai sans faire surface jusqu'à l'autre bout. S'il y avait eu des joncs à l'extrémité de l'étang, j'en aurais choisi un et je m'en serais servie pour respirer sous l'eau, comme Robert Mitchum dans le film d'aventures que j'ai vu quand j'étais petite. Monsieur Waterman se serait inquiété de mon sort : il aurait pensé que j'étais en train de me noyer.

Pas de joncs en vue, ni aucune plante à tige creuse, alors j'émergeai de l'étang, le visage cramoisi, probablement, et je pris une bonne gorgée d'air. Il ne me regardait même pas ! Le cahier littéraire était plus intéressant que les exploits d'une nageuse olympique ! Je grimpai sur la rive, non sans glisser sur le fond argileux. Et là, tandis que je me faisais sécher au soleil, un miaulement plaintif attira mon attention.

Le faible cri venait de la rangée d'arbustes qui marquait la limite du terrain. Dès que je m'approchai, le jeune chat noir sortit d'un buisson de framboisiers. Il était maigre, il avait l'oreille gauche déchirée et jetait des regards apeurés autour de lui. En tournant la tête, j'aperçus Chaloupe à son poste sur la table à pique-nique ; elle avait l'air de dormir pour vrai. Je me mis à genoux dans l'herbe folle et le petit chat s'avança vers moi, la queue en point d'interrogation. Il portait un collier en cuir bleu foncé autour du cou, je m'en rendis compte en le prenant dans mes bras pour aller le montrer à monsieur Waterman.

— Regardez ce que j'ai trouvé, dis-je.

— Tiens, il a un collier, observa-t-il en lui caressant la tête. Ça veut dire qu'il appartient à quelqu'un.

— Bien sûr.

— As-tu vu le numéro de téléphone ?

— Où ça ?...

Trop heureuse de retrouver le chat, je n'avais pas fait attention à la plaque de laiton agrafée au collier. J'avais honte de moi. Il est vrai qu'elle ne mesurait qu'un centimètre et demi.

Le numéro était gravé sur la plaque.

— Je vais téléphoner, dis-je avec empressement.

Chaloupe dormait toujours sur la table à pique-nique, mais tout le monde sait que les chats ne dorment que d'un œil. Je fis un détour et entrai dans le chalet par la porte arrière.

Le téléphone était dans la cuisine. Sitôt posé à terre, le chat se dirigea vers les plats de la vieille Chaloupe. Je lui donnai une grosse poignée de croquettes et un bol d'eau fraîche, puis je composai le numéro inscrit sur le collier. Au bout du fil, j'entendis sonner trois coups, et le coup suivant fut interrompu par une voix féminine. Une voix enregistrée qui semblait très jeune. Elle disait : « Je ne suis pas là. Laissez un message et je vous rappellerai peut-être. »

Le mot *peut-être* me fit un drôle d'effet, surtout que la voix ressemblait à celle de ma sœur disparue. Je raccrochai bêtement sans rien dire.

3

LES FEUILLES MORTES

On s'est connus dans un cimetière, monsieur Waterman et moi. Certains pourraient y voir un mauvais présage, mais je n'en crois rien : ma mère est enterrée là. Ma grand-mère aussi.

C'était l'automne et j'arrivais de voyage.

Après mon bac en traduction, j'ai voyagé aux États-Unis sur le pouce – l'écrivain dirait *en stop*. Je voulais me mettre du plomb dans la tête. Le hasard des rencontres m'a menée le long de la côte atlantique jusqu'à Key West. Ensuite je suis remontée à La Nouvelle-Orléans et, de là, j'ai gagné San Diego en longeant la frontière du Mexique. La Californie était ce que j'avais vu de plus beau dans ma vie, alors j'ai flâné, travaillé un peu à la cueillette des fruits, et puis, très lentement, par la route du bord de mer, je me suis rendue à San Francisco.

Sur un tableau d'affichage, à la librairie City Lights, j'ai trouvé une offre de colocation et je suis restée plusieurs mois dans cette ville, où l'esprit de liberté et de tolérance me convenaient. J'aurais pu reprendre à mon compte les propos d'une féministe américaine qui avait écrit : « Je sens les contours de la baie dans mon cœur. » Quand on est très heureux ou très malheureux, on devient hypersensible à ce qui se passe autour de nous, aux gens et même à l'atmosphère des lieux.

J'étais très heureuse, presque sur un nuage, au moment où je suis partie de San Francisco dans un camping-car avec un couple de retraités qui retournaient au Québec. Nous avons traversé les États-Unis en diagonale. Dans le Nebraska, à Scott's Bluff, si je me souviens bien, nous avons découvert un musée entièrement voué à la conquête de l'Ouest. En sortant de ce musée, il s'est produit un incident que je n'oublierai pas de sitôt.

Juste à côté du bâtiment principal, et sans aucune clôture pour les protéger, s'étendaient de profondes ornières creusées dans le sol par les roues des chariots bâchés qui, un siècle et demi plus tôt, avaient emmené les émigrants vers les terres promises de l'Oregon. J'ai fait quelques pas toute seule dans ces ornières. Des milliers de gens étaient passés par là, le cœur gonflé d'espoir, et mon cœur à moi s'est mis à battre plus fort, du seul fait que je marchais dans leurs traces. J'étais si émue qu'il m'a semblé entendre une rumeur confuse dans mon dos ; j'ai cru un instant qu'une caravane de chariots tirés par des bœufs s'en venait derrière moi.

À mon retour de San Francisco, je n'ai trouvé aucun travail intéressant. J'ai alors demandé et obtenu une bourse me permettant d'entrer à l'École de traduction et d'interprétation de l'Université de Genève. Une fois rendue là-bas, j'ai profité de mes temps libres pour visiter les pays voisins.

Un jour que je passais par Arles, dans la vallée du Rhône, et que j'avais posé mon sac à dos sur un quai, étant aux prises avec une vague de mélancolie, j'ai été abordée très poliment par un petit moustachu qui avait d'épais cheveux gris et fumait la pipe. Après avoir partagé avec moi son sandwich jambon-beurre et son café, il m'a invitée à boire un cognac au bar voisin. C'est difficile à croire, mais le bar faisait partie d'une librairie qui, elle-même, faisait partie d'une maison d'édition. Quand il a reconnu mon accent, le moustachu m'a dit que la maison venait de publier en coédition un romancier québécois dont le nom de plume était Jack Waterman. Ce n'était pas un de mes auteurs préférés. Le moustachu m'a tout de même donné un exemplaire du roman et j'ai lu, à l'endos, qu'il était question de la Piste de l'Oregon. C'est à ce moment précis que l'idée m'est venue de traduire monsieur Waterman en anglais.

Je me trouvais donc dans un cimetière, celui de l'ancienne église St. Matthew, à Québec. C'était le premier endroit que je visitais depuis mon retour. J'aimais beaucoup le muret de pierres et les grands chênes qui étendaient leurs branches jusqu'au milieu de la rue Saint-Jean.

Ma mère et ma grand-mère reposaient derrière l'église, dans le coin le plus retiré. J'avais enlevé mon sac à dos et, appuyée au mur, j'étais assise dans l'herbe jonchée de feuilles mortes.

Ma grand-mère était une orpheline. Elle avait quitté l'Irlande pour le Canada avec ses grands-parents à elle, mais ils avaient attrapé le typhus sur le bateau et on les avait ensevelis à la Grosse-Île. Plus tard, elle était morte en donnant naissance à ma mère et, par la suite, ma mère avait succombé à un cancer.

À présent, c'est moi qui suis orpheline.

Juste à mes pieds, dans le coin où j'étais assise, il y avait une dalle funèbre couchée dans l'herbe, avec le nom de ma grand-mère, les deux dates de son existence et les trois lettres qui disent qu'elle dort en paix. Je suis la seule à savoir que ma mère repose à ses côtés. Une nuit, j'ai apporté l'urne funéraire, j'ai creusé avec une truelle – le vrai nom, c'est *transplantoir* – et j'ai versé les cendres dans le trou ; il ne fallait pas qu'on me voie, le cimetière était abandonné depuis longtemps.

Les genoux sous le menton, le dos contre le muret, je pensais à tout ça, ainsi qu'à ma petite sœur, et soudain je me suis rappelé que ma mère aimait beaucoup le bruissement des feuilles mortes. Pour lui faire plaisir, je me suis levée et j'ai marché autour de la pierre tombale en traînant les pieds dans les feuilles de chênes. C'est ce que j'étais en train de faire quand un homme d'un certain âge est arrivé avec une pile de livres. Il s'est assis sur un banc public à dix pas de moi, les livres sur ses genoux.

En m'apercevant, il m'a fait un signe de tête, puis il a souri mais fugitivement, comme font les vieux qui vivent repliés sur eux-mêmes ou qui craignent d'être mal jugés. Je lui ai rendu son sourire et il s'est mis à feuilleter le premier livre qui était sur la pile. Son visage creusé, sa barbe grisonnante et mal taillée, ses fines lunettes qui ne cachaient pas les poches sous ses yeux, sa maigreur extrême, son air mélancolique, tout ça me donnait une impression de déjà vu.

Songeuse, je suis retournée m'asseoir au pied du mur. Brusquement, il s'est dirigé vers moi, serrant les livres sur sa poitrine, et il a marmonné :

— C'est rare qu'on voie quelqu'un dans ce petit coin du cimetière...

Comme je ne répondais pas, il a fait mine de s'éloigner. Puis il s'est ravisé :

— Je viens souvent me reposer ici en sortant de la bibliothèque.

— Quelle bibliothèque ? demandai-je.

Il a pointé le doigt vers l'église St. Matthew.

— Vous ne savez pas que l'église a été convertie en bibliothèque ?

— Mais non ! dis-je en souriant.

— J'ai dit quelque chose de drôle ?

— C'est le verbe *convertir*... Je trouve qu'il convient parfaitement !

— Tiens, je n'y avais pas pensé !... Alors, vous arrivez de voyage ?

— Oui. Je suis venue voir ma parenté.

D'un geste aussi naturel que possible, car je ne voulais pas trop l'impressionner, j'ai montré du doigt la dalle de pierre qui se trouvait entre nous. Il s'est tourné vers la tombe sans dire un mot et, ployant le buste, il a effectué une profonde révérence tout en gardant les livres serrés contre lui. Après quoi, il est venu s'asseoir à côté de moi et a posé ses volumes entre nous deux.

Le livre qui était sur le dessus de la pile s'intitulait *Hemingway, nouvelles complètes*. C'est en voyant ce recueil que la lumière s'est faite dans mon esprit : l'homme assis à mes côtés, le dos au mur, était Jack Waterman, l'auteur que je voulais traduire en anglais – celui qui avait écrit un roman sur la Piste de l'Oregon ! Je me souvenais avoir lu un article dans lequel on disait qu'il avait une sorte de vénération pour Hemingway.

Trop souvent, dans ma courte vie, quelque chose m'a poussée à faire exactement le contraire de ce qui convenait. C'est ce qui s'est produit encore une fois. Alors qu'il fallait dire : « Ah ! Vous êtes monsieur Waterman !... Je m'appelle Marine, je suis traductrice », j'ai stupidement feint de ne pas le reconnaître. J'ignore pourquoi je commets toujours ce genre de bêtises. Ravalant ma honte, j'ai examiné les livres qu'il venait de poser dans l'herbe à côté de moi. Outre les nouvelles d'Hemingway, il y avait *Le poney rouge* de Steinbeck, une biographie de John Fante et *La grammaire est une chanson douce* d'Érik Orsenna.

— Êtes-vous une *liseuse* ? demanda-t-il.

— Bien sûr, dis-je.

— Qu'est-ce que vous lisez en ce moment ?

— Des recueils de correspondances. Je lis les lettres de Kafka à Milena, les lettres de Tchekhov à Olga, celles de Rilke à Lou Andréas-Salomé...

— Pourquoi ?

— J'en sais rien.

— Vous ne lisez pas de romans, de récits, de nouvelles ?

— J'aime bien les romans de Modiano... Vous allez me demander pourquoi ?

— Oui.

— Ses livres ressemblent à la vie. Ils contiennent des souvenirs imprécis, des photos jaunies, des sentiments vagues, des chansons d'autrefois, des rencontres de hasard, des conversations dans les cafés... Et le lecteur doit reconstruire tout ça, comme s'il s'agissait d'un casse-tête.

— Ça veut dire que la vie vous apparaît comme une histoire en pièces détachées ?

J'ai fait signe que oui, même si en réalité je n'avais pas réfléchi à la question. Monsieur Waterman est resté silencieux un long moment. Quant à moi, j'ai soufflé doucement sur une fourmi qui traversait en diagonale le visage d'Hemingway qu'on voyait en page couverture du gros livre de nouvelles ; l'insecte a rebroussé chemin et j'ai posé le livre dans l'herbe pour l'aider à descendre de là.

Waterman m'a regardée plus attentivement.

— Êtes-vous d'origine écossaise comme la plupart des gens qui sont enterrés ici ?

— Non, je suis Irlandaise.

J'ai dit ça avec une fierté qui ne m'était pas coutumière.

— Excusez-moi, dit-il. J'aurais dû m'en douter.

Il souriait et son regard malicieux détaillait ma tignasse rousse, mes taches de rousseur et mes yeux verts. J'ai pensé à ma sœur qui avait le même air que moi.

— Qu'est-ce que vous faites dans la vie quand vous n'êtes pas en voyage, si ce n'est pas indiscret ?

— Je suis traductrice.

Voilà, c'était dit. J'aurais pu ajouter que l'idée de traduire ses romans en anglais m'intéressait beaucoup, mais je ne l'ai pas fait : ça me paraissait indécent. Il était plus convenable d'attendre une invitation.

J'ai attendu en vain, du moins ce jour-là. Au lieu d'une invitation, c'est à une citation que j'ai eu droit, celle de Jorge Luis Borges. Celle que tous les traducteurs connaissent et se remémorent, la nuit, lorsqu'ils ne peuvent dormir, tourmentés par le sentiment injustifié de mener une existence de parasite. La citation était la suivante, et je n'ai pas osé dire que je la connaissais : « Le métier de traducteur, disait Borges, est peut-être plus subtil, plus civilisé que celui d'écrivain. [...] La traduction est une étape plus avancée. »

Ensuite, monsieur Waterman a regardé sa montre. Il a repris ses livres et s'est relevé en s'appuyant d'une main au mur de pierres. Après avoir fait un salut de la tête qui s'adressait, je crois, autant à ma parenté qu'à moi, il a quitté le cimetière. Vu de dos, les épaules voûtées, il avait l'air très frêle. Les feuilles mortes craquaient à peine sous ses pas.

4

LA MEILLEURE TRADUCTRICE DU QUÉBEC

Après ma visite au cimetière, je me suis mise en quête d'un logement. Il me restait peu d'argent, et mes rares amis étaient éparpillés aux quatre coins du monde. Alors, j'ai pris une chambre à l'hôtellerie la moins chère : l'Auberge de jeunesse, au 19 Sainte-Ursule.

Puisqu'il fallait que je gagne ma vie, j'ai offert mes services à plusieurs organismes comme traductrice à la pige. En attendant les réponses, j'ai entrepris de mettre en anglais le livre de Waterman que j'avais reçu de l'éditeur arlésien : en plus de vérifier mes capacités, je voulais voir si nous avions des goûts en commun.

Ma chambre étant petite et envahie par le bruit des voisins, j'ai pris l'habitude de travailler dans les bibliothèques publiques. La plus proche était celle de l'Institut Canadien, dont l'entrée se trouvait rue Sainte-Angèle. Juste à côté, il y avait également la bibliothèque du Morrin College, paisible et très émouvante avec ses boiseries couleur de miel, l'odeur des vieux livres, l'escalier en colimaçon, la longue mezzanine en bois verni, le bureau ayant appartenu à sir George-Étienne Cartier. L'immeuble était une ancienne prison et, lorsque le nordet faisait gémir les murs, je croyais entendre les détenus qui avaient croupi dans les cellules du sous-sol.

Mais c'était à la bibliothèque de St. Matthew, près du cimetière, que je passais le plus clair de mon temps. Aussi bien l'avouer, j'espérais revoir monsieur Waterman et, mine de rien, obtenir son avis sur ma traduction. J'avais tout combiné dans ma tête : il entrait dans la bibliothèque, je faisais semblant de ne pas le voir, il s'approchait et lisait mon texte par-dessus mon épaule ; très impressionné, il m'invitait chez lui et téléphonait tout de suite à son éditeur.

Assise à la grande table du fond, tournant le dos à la nef de l'église, je n'avais qu'à lever la tête pour voir les nouveaux arrivants. Mon gros *Webster* formait un rempart derrière lequel je dissimulais le lunch que j'apportais toujours en cas de fringale.

Un matin vers onze heures, l'écrivain fait son entrée. Je remets dans mon sac la pomme que je viens de croquer et je me dépêche de cacher son roman sous mon cahier de brouillon. Ouvrant un dictionnaire, je m'absorbe dans une recherche aussi professionnelle que possible. Je suis la meilleure traductrice du Québec, les éditeurs de Londres, de New York et de Toronto s'arrachent mes services, et ce n'est pas le premier venu qui va me distraire de mon travail.

Quand une main se pose sur mon épaule, je sursaute comme il se doit. Monsieur Waterman s'excuse à voix basse de m'avoir fait peur. Je réponds que ce n'est rien du tout, puis il demande si j'habite dans les environs.

— À l'Auberge de jeunesse, mais c'est temporaire, je cherche un autre logement.

— Quel genre ?

— Un coin tranquille avec des arbres, des oiseaux. Et peut-être un chat.

— Je peux m'asseoir un instant ?

— Bien sûr.

Il prend place sur une chaise en face de moi.

— Je vais réfléchir à votre problème de logement.

— Merci.

— Ici, c'est un bon endroit pour travailler, n'est-ce pas ?

Il lève la tête et contemple, sur notre gauche, les fenêtres en ogive où la lumière du soleil incendie les vitraux. Je commence à m'énerver à cause du roman dissimulé sous mon cahier de brouillon. Il demande :

— Qu'est-ce que vous traduisez ?

Les mots se bloquent dans ma gorge. Incapable de répondre, je n'ai pas d'autre choix que de déplacer mon cahier pour qu'il voie son livre. Sa réaction m'étonne : il demeure d'un calme absolu. Il fait comme si tout était normal. Comme si j'étais une vraie pro et que j'avais signé un contrat en bonne et due forme avec son éditeur de Toronto. Je suis séduite, si vous voulez le savoir, mais il n'est pas question de le montrer.

Feignant l'indifférence, je lui tends mon texte. Il lit très lentement une dizaine de pages. À certains moments, il cesse de lire et revient en arrière. Le temps s'arrête. Les visiteurs de la bibliothèque se déplacent comme dans un film au ralenti. Enfin, il me redonne le cahier.

— Bravo ! La petite musique est là.

Dans ses yeux, une lueur me fait comprendre qu'il pense vraiment ce qu'il dit. Et il propose :

— Racontez-moi comment vous faites...

— Hum ! Je choisis des mots simples et concrets... J'essaie de faire des phrases courtes et j'évite les inversions autant que possible. Je ne mets pas un mot très bref à côté d'un mot de plusieurs syllabes... Si un mot finit par une consonne, je lui trouve un compagnon qui commence par une voyelle. Et je lis mon texte à voix haute pour entendre comment ça sonne. Mais le problème...

— Je sais, dit-il. Le mot juste, en anglais, n'est pas toujours celui qui s'harmonise le mieux avec ses voisins.

— Voilà ! Et alors la musique n'est plus la même.

— C'est pas grave. L'essentiel, c'est qu'elle reste dans le même ton. Au fait, comment vous appelez-vous ?

— Je m'appelle Marine.

— Chère Marine, le ton, c'est ce qui compte le plus en littérature. Et personne n'en parle jamais. C'est presque aussi important que les yeux verts et les taches de rousseur !

Il me salue de la tête, se lève à moitié puis se rassoit.

— Ah ! Je connais quelqu'un qui pourrait vous louer un chalet à l'île d'Orléans. C'est un coin assez sauvage, sans confort, mais habitable à l'année. Le chalet est caché dans une petite forêt, au bout d'un chemin de terre. Il y a un étang plein de truites et de ouaouarons, et les voisins ne sont pas tout près.

— Si c'est un endroit isolé, il faut une auto...

— Oui. Mais je connais quelqu'un qui a une vieille Jeep.

— J'ai pas d'argent.

— Ça ne fait rien, je connais quelqu'un qui en a.

Monsieur Waterman souriait, il avait réponse à tout. J'ai commencé à croire que c'était mon jour de chance. Connaissez-vous le proverbe qui dit : *En cas de doute, abstiens-toi* ? Il existe une version irlandaise, dont je suis l'auteure, et qui dit : *En cas de doute, fonce tête baissée !*

Finies les interrogations, j'ai déclaré à monsieur Waterman que j'acceptais. À condition que je paie mon loyer et que je le rembourse de toutes ses dépenses. Je voulais garder mon indépendance.

5

LA PETITE FILLE DU BOUT DE LA ROUTE

Depuis que le chat noir était là, j'avais des distractions, je travaillais moins bien. Par la fenêtre du solarium, j'assistais aux efforts que la vieille Chaloupe faisait, plusieurs fois par jour, pour expulser le nouveau venu de son territoire. Le petit chat finissait par grimper dans un érable, derrière le chalet, et se réfugiait à l'intérieur d'une grosse cabane d'oiseaux dont l'entrée avait été agrandie par les écureuils. Étant dégriffée, ma chatte ne pouvait le rejoindre.

Il y avait aussi l'affaire du collier qui me trottait dans la tête. Une fois remise de l'étonnement causé par le mot *peut-être*, j'avais rappelé au numéro inscrit sur la plaque de laiton ; j'avais laissé mon nom, mon téléphone et une courte phrase disant que le chat se trouvait chez moi et allait bien. À cette occasion, il ne m'avait pas échappé que les trois premiers chiffres de ce numéro ne correspondaient pas au secteur de l'île d'Orléans, mais plutôt à celui du quartier où habitait monsieur Waterman : le faubourg Saint-Jean-Baptiste.

Normalement, je travaille tous les jours de la semaine. Ce matin-là, toutefois, je n'arrêtais pas de me demander pourquoi j'avais trouvé le chat noir à l'île, alors que sa jeune propriétaire demeurait dans un quartier attenant au Vieux-Québec. L'hypothèse la plus vraisemblable, à mon avis, c'était qu'on l'avait emmené en auto, puis abandonné non loin de chez moi. Et dans ce cas, quelqu'un avait peut-être assisté à la scène.

J'eus bientôt l'occasion de vérifier cette hypothèse. Peu avant midi, je montai la côte à pied pour voir si j'avais du courrier. Les boîtes aux lettres se trouvaient à l'autre bout du chemin de terre, je veux dire à l'endroit où le chemin débouchait sur la route qui faisait le tour de l'île. Elles étaient alignées contre le mur d'une maison abritant le propriétaire du chalet et quelques locataires que je rencontrais parfois en allant faire mes courses au village de Saint-Pierre.

Ma boîte était la dernière de la rangée. Quand je l'ouvris, je fis autant de bruit que possible avec mon trousseau de clés, tout en surveillant du coin de l'œil une fenêtre du rez-de-chaussée, entrouverte comme d'habitude, d'où provenaient souvent des airs de musique et des odeurs de cuisine.

Apercevant une ombre à la fenêtre, j'annonçai à voix haute que j'avais une question à poser. La fenêtre s'ouvrit toute grande et je vis paraître dans l'encadrement la tête d'une fillette aux cheveux nattés en deux tresses qui se tenaient presque à l'horizontale.

— Quelle question ? fit-elle.

— Est-ce que je te dérange ? Tu étais occupée ? demandai-je par politesse.

— Oui, j'étais occupée à te regarder. C'est ça, la question ?

— Non. Tu regardes souvent dehors ?

— Très souvent. C'est à cause de mon pépé.

— Comment ça ?

— Il est en chaise roulante. Je monte sur un escargot et je lui raconte tout ce que je vois par la fenêtre. Comprends-tu ?

— Je comprends. Mais tu veux dire un *escabeau* ?

— C'est pareil !

— Maintenant, est-ce que je peux te poser la vraie question ?

Elle fit signe que oui et appuya son menton sur ses mains jointes, ce qui était apparemment l'indice d'un gros effort de concentration.

— Tu aimes les chats ?

— Évidemment ! fit-elle en haussant une épaule.

— Est-ce que, par hasard, tu n'aurais pas vu un nouveau chat dans les environs ?

— Oui, un petit chat noir. Il est arrivé en taxi.

— En taxi ?... C'était quel jour ?

Les yeux arrondis, la bouche pincée, elle se mit à compter sur ses doigts. Puis, après avoir tourné la tête vers le grand-père :

— Ça fait trois jours, déclara-t-elle. Trois ou quatre jours.

— Comment ça s'est passé ?

— Ça s'est passé *be-ding ! be-dang !*

Elle éclata d'un rire clair et haut perché. Je compris que cette expression lui avait été soufflée par le vieil homme. Elle reprit son sérieux et expliqua :

— Quand j'ai regardé dehors, la porte du taxi était ouverte et la cage était par terre.

— Quelle cage ?

— La cage du chat ! Elle était à terre au milieu du chemin, alors la femme a ouvert la porte.

— La porte du taxi ?

— Mais non, la porte du taxi était déjà ouverte, je l'ai dit tantôt !

— Excuse-moi. La femme a ouvert la porte de la cage...

— Oui.

— Et le chat est sorti.

— Non. C'est le taxi qui est sorti.

J'entendis le grand-père qui rigolait dans l'appartement : il avait soufflé la réponse encore une fois.

— Il est sorti de l'auto pour aider la femme, raconta la fillette. Ils se sont mis à deux, ils ont secoué la cage et le chat est sorti. Il était noir. Je veux dire, noir partout. Il y a des chats noirs avec une patte blanche ou le bout de la queue, ou encore une tache de lait sur le nez, mais lui, non : il était aussi noir que la nuit quand on ferme la lumière pour dormir.

— As-tu vu dans quelle direction il est allé ?

— Il ne savait pas où aller. Il était perdu comme moi un jour que j'étais à l'Exposition provinciale avec ma mère : c'était plein de monde, on se marchait sur les pieds et, d'un coup sec, ma mère était partie. J'ai regardé partout et elle était pas là !

— Oh ! Qu'est-ce que tu as fait ?

— J'ai pleuré, mais c'était pour que la femme s'occupe de moi.

— Quelle femme ?

— Celle qui mangeait un cornet à la vanille ! Elle m'en a acheté un, ensuite elle m'a emmenée à la place où ils parlent dans les haut-parleurs et ils ont dit que j'étais perdue. Quand ma mère est arrivée, j'étais rendue au deuxième cornet. Elle était énervée et blême comme...

Se tournant vers le grand-père, elle attendit qu'il lui souffle les mots qui manquaient.

— Comme une fesse de sœur, reprit-elle.

— Je vois, dis-je. Bon, tu disais que le petit chat était perdu...

— Oui, et il avait peur du chien.

— Quel chien ?

— Le chien du voisin ! Il arrêtait pas de japper ! Mais la femme est repartie quand même avec le taxi.

— Elle avait l'air de quoi, cette femme ?

— Une face toute plissée avec des dents pourries. Une vraie sorcière ! Elle me faisait peur, j'étais contente qu'elle s'en aille. Je suis sortie à toute vitesse pour flatter le petit chat, mais pépé voulait pas qu'on le garde. Il a dit que les chats noirs, ça porte malheur : le plus qu'on pouvait faire, c'était de lui mettre un peu de nourriture dehors, à côté de notre porte de cave.

— Et c'est ce que tu as fait ?

— Oui, mais c'est le gros chien du voisin qui a mangé les restes du poulet barbecue. Tu les aimes, les chiens, toi ?

— Pas beaucoup.

La fillette se pencha hors de la fenêtre et, baissant la voix :

— J'ai rêvé que le chat noir se faisait manger par le gros chien, dit-elle. J'aurais dû l'adopter quand même. J'aurais dû le cacher dans notre garage.

— Veux-tu que je te dise un secret ?

— O.K.

— Il est rendu au chalet, le petit chat. Tu viendras le voir quand tu voudras.

J'eus droit à un sourire et à un clin d'œil, puis la tête disparut avec ses drôles de tresses, et la fenêtre fut remise en position entrouverte, comme au début.

6

LE MESSAGE

Le récit de la fillette confirmait mon hypothèse, le petit chat avait bien été emmené en voiture. Mais, à présent, un nouveau problème me tourmentait : quel était le rapport entre cette vieille femme et la jeune fille dont j'avais entendu la voix sur le répondeur ?

Chaque jour, dès que j'abandonnais mon travail, cette question commençait à tourner dans ma tête. Je savais bien que la réponse allait venir d'elle-même, un jour ou l'autre. En attendant, pour me détendre, j'allais marcher dehors.

Ce n'était pas l'espace qui manquait autour du chalet. Si j'en avais envie, je montais la côte abrupte comme je l'avais fait pour discuter avec la fillette. Je pouvais aussi faire le contraire : contourner l'étang et descendre en bas du terrain, jusqu'à l'endroit très paisible qui s'appelait la Croisée des murmures parce que deux petits ruisseaux s'y rejoignaient. De là, il m'était possible d'emprunter un sentier raviné qui me conduisait au niveau du fleuve, où s'étendaient des champs cultivés et un parc à chevaux.

Il m'arrivait de marcher à la lisière des champs d'avoine jusqu'à ce que je fusse exténuée. Mon tempérament me portait à des excès et, pour cette raison, monsieur Waterman, oubliant qu'il marchait presque autant que moi dans son appartement, me surnommait *Ultramarine*.

Un soir après le souper, en revenant d'une de ces longues promenades, je fis entrer le chat noir par la porte arrière du chalet, et je lui donnai des croquettes avec des morceaux de jambon cuit et du lait écrémé. Il mangea tout avec appétit et, comme il ronronnait, je le pris dans mes bras. Je m'installai avec lui dans la chaise berçante – il faut dire « berceuse », mais, pour certains mots chargés d'émotivité, je fais une entorse aux recommandations du *Petit Robert*.

Je berçai longuement le jeune chat. Il devait éprouver un sentiment de rejet, à cause de la vieille femme et de Chaloupe, et je voulais le consoler. C'est ce que ma mère faisait quand j'étais petite. Elle me chantait des ballades comme *Un oranger sur le sol irlandais*.

En le caressant, je vis que son collier était trop serré. Je le détachai pour regarder ce qui n'allait pas : quelque chose était coincé sous la plaque de laiton, on aurait dit un bout de papier qui dépassait. Je me rendis dans la cuisine, le chat dans les bras, et je pris une paire de ciseaux qui traînait à côté de l'évier. La plaque de laiton était fixée au collier par quatre griffes qui se refermaient sur la lanière de cuir. Posant le chat par terre, j'ouvris les griffes avec la pointe des ciseaux, et c'est alors qu'un morceau de papier tomba sur le comptoir de l'évier.

Après avoir déplié le bout de papier, qui était sale et tout chiffonné, je lus le texte suivant :

> *Je m'appelle Famine. Je suis sur la route parce que ma maîtresse ne peut plus s'occuper de moi,...........................*

Les derniers mots, après la virgule, avaient été effacés. Le texte était écrit à l'encre noire. Je le relus plusieurs fois, cherchant à comprendre : il s'agissait peut-être d'un message de détresse. Et il manquait des mots. J'étais à la fois inquiète et intriguée.

Il fallait que je demande l'avis de monsieur Waterman.

7

JULES VERNE ET LE JUS DE CITRON

En moins de quinze minutes, j'étais devant la Tour du Faubourg. Je garai la Jeep dans la rue Saint-Jean, presque en face de l'immeuble. L'écrivain habitait au douzième étage. C'était la première fois que j'allais chez lui. Il m'avait invitée à plusieurs reprises, mais j'avais toujours refusé. Pour afficher ma liberté, si vous voulez le savoir.

J'avais roulé à toute vitesse, sans réfléchir au fait qu'il pouvait être sorti ou avoir de la visite. Et maintenant, en proie au doute, je me posais des questions alors qu'il était nécessaire de foncer : l'horloge de l'ancienne église St. Matthew indiquait huit heures passées.

Deux amoureux entraient dans l'immeuble en se bécotant. Je me faufilai derrière eux avant que la porte ne se referme. Je pris l'ascenseur jusqu'au onzième étage et, pour me calmer les nerfs, je gagnai le douzième par l'escalier. Après avoir suivi un couloir qui faisait un coude, je frappai timidement à l'appartement de l'écrivain.

Au moment où j'allais frapper une deuxième fois, monsieur Waterman ouvrit la porte. Le point d'interrogation qui se voyait sur son visage se changea vite en un sourire. J'étais soulagée : au moins je ne dérangeais pas.

— Veux-tu boire quelque chose avec moi ? demanda-t-il.

— Avec plaisir, dis-je.

— Thé ? Café ? Une tisane ?

— Et vous, qu'est-ce que vous buvez ?

— Le pire café qui existe : instantané et décaféiné.

— Ça me convient.

Ma voix était ferme, il ne pouvait pas deviner mon inquiétude. Après avoir mis de l'eau à chauffer sur le poêle électrique, il me montra le reste de l'appartement. À part la cuisine, il y avait une chambre et un grand séjour, très lumineux, avec une porte-fenêtre occupant tout le mur du fond et donnant sur un balcon. Même sans sortir, on avait une vue panoramique sur la basse-ville et, à l'horizon, sur le profil arrondi des Laurentides. Le double vitrage de la porte-fenêtre étouffait les bruits extérieurs, de sorte que le paysage avait une apparence irréelle qui contrastait avec la nature vivante et bruissante dans laquelle j'étais plongée à l'île d'Orléans.

Monsieur Waterman posa les tasses fumantes sur la table à manger du séjour, après avoir déplacé les livres et les enveloppes usagées couvertes de gribouillis qui l'encombraient. Il avait l'habitude de travailler dans sa chambre, où une installation lui permettait d'écrire debout, mais il faisait souvent les cent pas dans le séjour, à la recherche d'une idée ou d'un bout de phrase. Et quand il avait trouvé, il s'asseyait à cette table pour griffonner quelques mots sur une des enveloppes de son courrier. Étant au fait de cette manie, je lui envoyais des lettres afin qu'il ne manque jamais de quoi écrire.

Nous bûmes une gorgée de café en silence. Il ne demandait pas la raison de ma visite, il attendait gentiment que je lui explique. Alors je sortis le papier chiffonné de ma poche et le posai devant lui. Il le lut et tout de suite je le vis froncer les sourcils. En toute franchise, je n'étais pas fâchée de savoir qu'il partageait mon inquiétude.

— Où as-tu trouvé ça ? demanda-t-il.

— C'était coincé sous le collier. Je veux dire, sous la plaque de laiton.

— Il manque des mots...

— Oui.

Je lui racontai tout ce qui s'était passé, y compris ma rencontre avec la fillette du bout de la route.

— Ça ressemble à un signal de détresse, dit-il.

— C'est ce que je pense aussi.

— Mais le message n'est pas clair. Et puis, il était caché : on aurait pu ne pas le trouver !

— Mais oui, si je n'avais pas détaché le collier...

Monsieur Waterman avala plusieurs petites gorgées, puis se mit à réfléchir à haute voix :

— Je ne comprends pas. Cette fille a besoin d'aide, mais en même temps elle s'organise pour ne pas avoir beaucoup de chances d'en recevoir...

— Ce serait quelqu'un qui joue avec le feu ?

— On dirait bien.

— Alors il faut l'aider au plus vite !

— Bien sûr, mais comment ?

Il relut le message, puis me le tendit :

— Tu ne trouves pas que le papier est un peu jauni à l'endroit où il manque des mots ?

— Oui, c'est vrai.

— Peut-être qu'ils ont été effacés volontairement...

Je me levai et m'approchai de la porte-fenêtre avec le papier. À contre-jour, on voyait nettement le contour de la tache jaunâtre, mais les mots eux-mêmes demeuraient invisibles. La fille n'avait pas utilisé un liquide correcteur.

Tout à coup, il me vint une idée. Dans mon enfance, j'avais lu un roman d'aventures, peut-être un Jules Verne, où le héros arrivait à déchiffrer une carte au trésor dont certains mots étaient illisibles... pour quelle raison, déjà ?... Ah oui ! les mots clés avaient été rédigés avec du jus de citron, puis ils avaient disparu en séchant et l'homme les faisait réapparaître en utilisant un truc... Merde ! je n'arrivais pas à me rappeler le truc dont il s'agissait. Je racontai cette histoire à monsieur Waterman et, soudainement, la mémoire me revint : pour que les mots réapparaissent, le héros faisait chauffer le texte à la flamme d'une chandelle !

Monsieur Waterman n'avait pas de chandelles, mais il trouva un carton d'allumettes dans un tiroir de la cuisine – je dirais une « pochette d'allumettes », si je ne craignais pas de me faire traiter de snob. Ayant frotté une allumette, j'approchai la flamme à quelques centimètres de l'endroit où les mots étaient invisibles. Monsieur Waterman regardait par-dessus mon épaule et je sentais son souffle dans mon cou. Il ne se passa rien du tout, les mots ne réapparurent pas. Je refis le même geste une fois, deux fois sans succès.

Je décidai alors de chauffer le papier par-dessous. C'était une erreur. Je craquai une autre allumette et, pendant que je la déplaçais, la flamme me brûla les doigts. Instinctivement, je secouai la main et ce geste nerveux fut suffisant pour mettre le feu au morceau de papier. Ce genre de maladresses n'arrivent qu'à moi. Je lâchai tout, l'allumette et le papier enflammé, qui atterrirent sur le plancher de bois franc. Monsieur Waterman fut le plus rapide de nous deux, il éteignit le feu avec sa sandale. Quand il mit un genou en terre pour ramasser le papier, je ne respirais plus du tout. Le message n'était qu'un débris calciné et je me sentais terriblement coupable. J'étais une maladroite, une moins que rien, la dernière des dernières.

Monsieur Waterman se releva, tenant à la main le bout de papier noirci et à moitié carbonisé. Curieusement, son visage sillonné de rides était éclairé par un sourire. Je fus encore plus étonnée quand il me fit voir que, si le papier était presque réduit en cendres, la dernière ligne du texte, par miracle, était maintenant complète et se lisait facilement. En reconstituant la phrase, on obtenait ce message, qui nous bouleversa tous les deux :

Je m'appelle Famine. Je suis sur la route parce que ma maîtresse ne peut plus s'occuper de moi, ni d'elle-même...

8

LA VOIX ROCAILLEUSE
D'HUMPHREY BOGART

Au chalet, ma nuit fut découpée en petits bouts.

Un bout pour le sommeil, un pour les mauvais rêves, un pour l'inquiétude, un pour le chocolat chaud, un pour le reflet de la lune sur l'étang, un pour les regrets et la nostalgie, et encore un pour le sommeil. Au matin, dans le miroir des toilettes, j'avais l'air d'une naufragée.

D'abord, je m'occupai des chats. Je fis entrer Chaloupe, qui avait passé la nuit dehors, et je lui servis des croquettes et de l'eau. Ensuite, je sortis par la porte arrière avec deux autres plats : le chat noir m'attendait sur le perron.

Après le petit déjeuner, je m'installai comme d'habitude à la grande table du solarium pour avancer dans mes traductions. La grosse chatte sauta sur la table et s'étendit au milieu de mes papiers, occupant toute la place, la tête appuyée sur mon *Harrap's*. Il était sept heures du matin et je disposais d'une heure ou deux avant d'être assaillie de nouveau par une foule de questions concernant la jeune fille et son message de détresse. Et je savais que, ce jour-là, monsieur Waterman ne pouvait pas m'aider puisqu'il recevait la visite de son éditeur.

On fait un drôle de travail, nous les traducteurs. N'allez pas croire qu'il nous suffit de trouver les mots et les phrases qui correspondent le mieux au texte de départ. Il faut aller plus loin, se couler dans l'écriture de l'autre comme un chat se love dans un panier. On doit *épouser* le style de l'auteur.

Les jours où je n'y arrive pas bien, j'emprunte les vêtements que monsieur Waterman laisse en permanence au chalet de manière à les avoir sous la main en fin de semaine. J'ai le choix entre ses sandales Birkenstock, sa chemise en jean ou son vieux bob en toile bleue. C'est une habitude un peu zouave, mais elle me donne le sentiment d'être plus proche de lui et de son écriture.

Ce matin-là, je me plongeai dans mon travail en faisant comme si rien d'autre ne comptait dans ma vie. Pour gagner mon pain, je révisai d'abord un texte que j'avais traduit pour le *Dictionary of Canadian Biography*. Ensuite je traduisis deux courts chapitres du roman de monsieur Waterman, très lentement parce que c'était de cette façon que lui-même travaillait. Au bout d'une heure et demie, je sentis le besoin de refaire du café. J'étais dans la cuisine quand une idée me traversa brusquement l'esprit : quelqu'un – une ancienne connaissance – pouvait m'aider à résoudre le mystère du signal de détresse. Lorsque je voulus reprendre ma traduction, j'avais perdu toute capacité de me concentrer.

La personne à laquelle je songeais était un policier à la retraite qui exerçait le métier de détective privé. Au cours de mon adolescence, j'avais fait deux fugues presque coup sur coup, étant convaincue que personne au monde ne m'aimait. Ma mère avait chargé cet homme de se mettre à ma recherche et de me ramener à la maison. Il l'avait fait avec une grande délicatesse, contrairement à ce qu'on pourrait croire. J'avais gardé un bon souvenir de lui. Il s'appelait Milhomme, un nom que je ne pouvais pas oublier : à cette époque, j'avais reproché à ma mère d'avoir lancé *mille hommes* à mes trousses.

Je consultai les pages jaunes au mot « détective » : le nom et l'adresse de Milhomme s'y trouvaient. Mais il n'était que huit heures trente, je devais attendre au moins une demi-heure avant de télé-phoner. J'allai dehors avec Chaloupe et, pour tuer le temps, j'arrachai quelques algues avec un bâton, sans entrer dans l'eau. En levant la tête, j'aperçus le chat noir qui descendait à reculons de son érable. Il s'approcha de l'étang en se cachant dans les hautes herbes parsemées d'épervières : depuis que je l'avais bercé, il recherchait ma compagnie. Quand il s'avança à découvert, la vieille Chaloupe ne se lança pas à sa poursuite. C'était la première fois qu'elle acceptait sa présence et je la remerciai en lui murmurant une série de mots doux.

J'attendis jusqu'à neuf heures cinq, et encore deux ou trois minutes, puis je rentrai au chalet pour appeler le détective. J'eus sa femme au bout du fil. Il était sorti, mais elle pouvait le joindre sur son portable en cas d'urgence. Je donnai mon nom et mon numéro, précisant que c'était une question de vie ou de mort, et je raccrochai.

Pour préserver ma liberté, je n'avais pas de portable – je préfère ce mot à « cellulaire », qui pour moi évoque la prison. Mon téléphone était sans fil, alors je retournai dehors en emportant le combiné et je me mis à marcher autour de l'étang. J'ai horreur d'attendre, si vous voulez le savoir. Je bouillais d'impatience, je lançais des injures aux corneilles, je me battais avec les mouches à chevreuil : « Va-t'en, chétif insecte, excrément de la terre ! » J'engueulais les ouaouarons, surtout le plus bruyant, celui que j'appelais Monsieur Toung comme dans *Cet été qui chantait* de Gabrielle Roy. Bref, je n'étais pas dans mon état normal et les chats se tenaient à distance respectueuse.

Le téléphone sonna enfin. Le détective se souvenait de moi et s'informa de ma santé. J'avais oublié le ton si particulier de sa voix : elle faisait penser à Humphrey Bogart, c'était comme un ruisseau qui coule sur un lit de roches. Coupant court aux formules de politesse, je lui demandai comment on pouvait découvrir le nom et l'adresse d'une personne à partir de son numéro de télé-phone. J'eus honte quand il m'apprit qu'il existait des annuaires spécialement faits pour cet usage, sur papier ou sur écran. Loin de se moquer de moi, pourtant, il m'assura que si je lui donnais le numéro en question, il allait communiquer avec un ancien collègue, à la Centrale de police du parc Victoria. Il se faisait fort d'obtenir des renseignements très précis et même confidentiels.

Cinq minutes plus tard, le détective rappelait pour m'indiquer l'adresse de la fille : 609, rue Richelieu. Comme il s'agissait d'une mineure, son nom avait été rayé du dossier, mais elle était *connue des services de police.* Je devais faire très attention où j'allais mettre les pieds. Il ajouta que le dossier avait été mis à jour, ce qui pouvait s'expliquer de deux façons : soit elle était recherchée de nouveau, soit on la protégeait parce qu'elle avait témoigné contre une personne haut placée.

Avant de raccrocher, il me demanda de présenter ses hommages à ma mère. Sur le coup, je ne trouvai pas les mots pour lui dire qu'elle n'était plus là.

9

UN SALUT À L'ANCIENNE

Depuis que les beaux jours étaient arrivés, je dormais dans le solarium. La première chose que je faisais en me levant le matin, la tignasse en désordre, c'était de regarder ce qui se passait sur l'étang. Parfois, j'avais la chance de voir le Grand Héron Bleu.

En français, il s'appelle tout simplement *Grand Héron*, mais je préfère le nom de *Great Blue Heron* qu'on lui donne dans mon *Peterson's Field Guide to the Birds*. Quand on le regarde attentivement, on voit bien que ses plumes grises sont teintées de bleu.

En passant, je ne sais pas si les traducteurs font toujours leur travail d'une manière consciencieuse. Voulez-vous me dire pourquoi l'expression *se lever au chant du coq* a été traduite par *to get up with the lark* ! Et pourquoi *to sing like a lark* devient en français *chanter comme un rossignol* ! Si ma mère était là, elle éclaterait de rire, et son rire résonnerait jusqu'à l'autre bout de l'île d'Orléans.

Un matin de juin, je vis que le héron était venu avec sa compagne. Ils pêchaient tous les deux au bout du quai. De crainte de les effaroucher, j'évitais tout mouvement brusque derrière la fenêtre. Ils avaient les mêmes couleurs, le même cou replié, un long bec jaune et deux aigrettes noires flottant derrière la tête, mais la femelle était un peu plus petite.

Chaloupe sauta sur le divan-lit et se mit à frotter son museau contre mes jambes. Elle voulait son petit déjeuner, alors je me rendis à la cuisine en marchant toute courbée, presque à quatre pattes, et je lui donnai ses croquettes. Quand je revins à mon poste, les hérons avaient quitté le quai et se déplaçaient sur la rive, l'un derrière l'autre, à pas lents et mesurés ; le mâle précédait sa compagne. Ils gagnèrent un endroit où l'affaissement du sol facilitait l'accès à l'eau. J'utilisais moi aussi cette pente douce pour me baigner, lorsque je ne plongeais pas du quai.

Le mâle fut le premier à descendre dans l'eau. La femelle lui emboîta le pas, se tenant à deux mètres derrière lui. Leur façon de marcher me faisait penser à monsieur Waterman, quand il venait me voir les fins de semaines. Il était censé se reposer de son travail, mais je le voyais souvent déambuler autour de l'étang en short beige, le dos rond, les jambes maigres et les mains dans le dos. De toute évidence, il cherchait un mot, une idée, une phrase qui tardait à venir. Il posait ses pieds avec précaution, la tête penchée en avant, comme si les mots étaient cachés quelque part dans l'herbe.

Les hérons cherchaient de quoi se nourrir. Le cou replié en "S", l'œil grand ouvert, ils levaient une patte et la reposaient très délicatement, avançant la tête à chaque pas. Ils faisaient le tour de l'étang en marchant avec lenteur dans l'eau peu profonde. Brusquement, je vis le mâle s'immobiliser, la tête au long bec ramenée en arrière. Il avait repéré un poisson, un têtard, une grenouille, une proie quelconque. Son cou se détendit, son bec fendit l'eau comme un éclair, puis il pointa la tête vers le ciel pour avaler la petite bête.

Pendant ce temps, la femelle continuait de marcher derrière lui. Elle ne trouvait pas grand-chose à manger et ce n'était pas étonnant : il se servait en premier, il ramassait tout sur son passage ! En plus, il ne prenait pas le temps de se retourner vers elle pour lui offrir ce qu'il venait d'attraper.

À la place de la femelle, je ferais un coup d'éclat. Je marcherais derrière lui aussi longtemps que nous serions dans l'herbe. Mais, en arrivant à l'endroit de la berge où l'on descend dans l'eau, je lui tournerais carrément le dos. Je partirais en sens inverse et je ferais le tour de l'étang sans m'occuper de lui. Toutes les grenouilles et les autres bestioles qui se trouveraient sur ma route, je les avalerais sans me priver. Et lorsqu'on se rencontrerait, le mâle et moi, à la moitié du chemin, je lui ferais un petit salut à l'ancienne, une sorte de révérence, en ployant le genou comme les dames faisaient autrefois devant le roi.

Je ne veux être la fidèle compagne de personne.

10

DES CHEVAUX DE COURSE À LA RETRAITE

En ce qui concerne l'indépendance, j'avais au moins deux modèles : ma mère et Isabelle Eberhardt.

Ma mère nous a élevées toute seule, ma sœur et moi. Quand nous sommes nées, elle n'a même pas averti le père : à ses yeux, il s'agissait d'une affaire personnelle. Elle n'a jamais répondu à nos questions, sauf pour dire que ce n'était pas le même homme. Alors nous avons créé un jeu : c'était à qui s'inventait le père le plus gentil. Encore maintenant, il m'arrive d'imaginer que ce pourrait être monsieur Waterman.

Quant à Isabelle Eberhardt, j'ai appris son existence en me promenant dans le quartier des Grottes, à Genève, au temps où j'étudiais la traduction. Je suis tombée par hasard sur une rue qui portait son nom. Une affiche disait qu'elle était née dans ce quartier le 17 février 1877. Fille d'émigrés russes, réfractaire à toute forme d'autorité, elle était devenue *reporter et voyageuse.* Une légende voulait que son vrai père fût Arthur Rimbaud. Le premier texte d'elle que j'ai trouvé se lisait comme suit :

« Pour l'instant je n'aspire qu'à [...] dormir dans le silence et la fraîcheur de la nuit, sous des étoiles filantes tombant de très haut, avec pour toit l'immensité sans fin du ciel, et pour lit la chaleur de la terre, en sachant que personne, où que ce soit sur la Terre, ne se languit de moi, que nulle part l'on ne me regrette ou l'on ne m'attend. Savoir cela, c'est être libre et sans entraves, nomade dans le grand désert de la vie où je ne serai jamais rien d'autre qu'une étrangère. »

À vingt ans, elle débarquait en Algérie. Elle vivait aux confins du Sahara et menait une vie de nomade. Déguisée en homme, portant le pseudonyme de Mahmoud, elle accompagnait des caravanes ou des convois de militaires. Elle dormait n'importe où, elle aimait qui elle voulait. Sept ans plus tard, atteinte du paludisme, elle mourait noyée par la crue d'un oued qui s'était transformé en torrent.

J'avais lu ses carnets de voyage et ses nouvelles. En hommage à son esprit d'indépendance, j'avais appris par cœur des passages de ses textes. Je me les redisais de temps en temps, pour ne pas les oublier, et il m'arrivait aussi de les réciter aux chevaux de course qui étaient à la retraite.

Le chalet était construit au milieu d'un terrain boisé qui descendait par paliers jusqu'à une falaise abrupte. Les chevaux se trouvaient au pied de cette falaise, dans un parc fermé par une clôture électrique. On les entendait hennir de loin. Pour aller les voir, il fallait emprunter un sentier tortueux et encombré de roches et de rondins qui commençait au bout de mon terrain, à la Croisée des murmures, comme je l'ai expliqué. Le sentier était très à pic : on ne le descendait pas vraiment, on le déboulait. Il valait mieux regarder où l'on mettait les pieds, sinon c'était la glissade et on se ramassait sur les fesses. C'est à peine si on avait le temps de jeter un coup d'œil vers la voûte de feuillage que les arbres formaient au-dessus de notre tête.

Au bas du sentier, on débouchait sur un champ d'avoine. Juste à droite se trouvait le parc des chevaux. Il était plutôt étroit et s'étendait du pied de la falaise jusqu'à la batture du fleuve.

Sans être une experte, j'avais presque la certitude que c'étaient des chevaux de course. J'avais noté, dès ma première visite au chalet, que le voisin du haut de la côte possédait une piste en terre battue autour de sa maison ; des chevaux attelés à des sulkys tournaient au petit trot sur cette piste. Ceux qui broutaient dans le parc, au bas de la côte, étaient plus vieux et un peu empâtés, si je peux me permettre. J'en avais déduit qu'ils avaient été mis à la retraite et j'éprouvais de la sympathie pour eux. Ils avaient connu les feux de la rampe, les applaudissements, peut-être même qu'ils avaient participé à des courses aussi fameuses que le Derby du Kentucky ; et maintenant, relégués dans le champ le plus lointain, oubliés de tout le monde, ils passaient leur temps à ruminer les exploits de leur jeunesse.

Dès que j'apparaissais dans la lumière, au bas de la falaise, ils tournaient la tête vers moi et m'observaient, les oreilles dressées. Pour les rassurer, je prenais une voix douce et, m'approchant de la clôture, je leur disais bonjour, comment allez-vous, il fait beau pour la saison – les formules de politesse que tout le monde connaît.

Ils étaient une douzaine, tous différents de couleur et de taille, et on voyait qu'ils aimaient bien se tenir collés les uns sur les autres. L'un d'eux, plus petit que ses congénères, se détachait du groupe et venait vers moi en secouant sa crinière blonde. Alors, me glissant entre deux fils, j'entrais dans l'enclos pour éviter qu'il ne prenne un choc électrique. Il se laissait caresser l'encolure et le museau, ensuite les autres s'approchaient lentement en chassant les mouches avec leur queue. Ils venaient voir si je leur apportais des pommes, des framboises, un fruit qui allait les changer un peu de l'inévitable mélange d'herbe et de trèfle. Quand je leur offrais une fraise ou une framboise, ils la prenaient très délicatement, c'est tout juste si ça me chatouillait le creux de la main.

Avant de m'en aller, je leur récitais un texte d'Isabelle Eberhardt où il était question de chevaux, de la lune et d'une fête qui se déroulait au loin et pour laquelle il fallait une invitation :

« La nuit est froide et claire. C'est la pleine lune de *Ramadhane*. Des torrents de lumière glauque coulent sur le village où brûlent les flammes brutales et rouges des lanternes, devant les cantines. Ici, dans la cour du bureau arabe, entre les masures croulantes, les chevaux entravés sommeillent.

Parfois un étalon s'éveille et hennit, les naseaux dilatés, tendus vers le coin où les juments mâchent, tranquilles, leur paille sèche. Il y a grande fête, ce soir, chez les *mokhazni.* »

Les chevaux de course à la retraite étaient devenus mes confidents. Je ne dis pas qu'ils comprenaient tout, mais tous les mots aux consonances étrangères leur faisaient dresser l'oreille. Ils étaient sensibles à la musique des mots, c'est un goût que nous avions en commun.

11

UNE GRAINE DANS LE GAZ

Monsieur Waterman était un maniaque du travail et je ne le dérangeais pas sans raison valable. Rien d'autre ne comptait dans sa vie que l'écriture. Il n'avait pas toujours l'air de travailler, on ne le voyait pas traîner partout son cahier de notes, mais en réalité il n'arrêtait pas de chercher un mot ou bien un bout de phrase. Au meilleur de sa forme, il était capable d'écrire *une bonne demi-page* dans une journée : c'est ce qu'il racontait, je le jure.

Pour ménager son dos – qui, disait-il, était plus connu que lui –, il s'installait dans un coin de sa chambre où il pouvait travailler debout. En fait, il était mi-debout, mi-assis. Il posait son cahier sur une boîte à pain, elle-même placée sur une planche à repasser dont il réglait la hauteur pour que le cahier arrive au niveau de ses coudes : c'était à son avis la hauteur idéale pour écrire. Par-derrière, une commode surmontée d'une étagère en léger retrait soutenait à la fois son postérieur et son dos. Cette position lui permettait d'allonger ses jambes en diagonale sous la planche à repasser.

Installé de cette façon, des bouchons de cire dans les oreilles, on se serait attendu à ce qu'il écrive sans bouger pendant des heures. Tout au contraire, à peine avait-il commencé à travailler qu'un mot lui faisait défaut. Quittant son petit coin, il se rendait à la cuisine, mangeait un biscuit sans même s'en apercevoir, passait dans la pièce de séjour et tournait les pages du *Petit Robert* qui était ouvert en permanence sur le dessus d'une bibliothèque. Ensuite il faisait les cent pas, contemplait la basse-ville par la porte-fenêtre, et voilà que le mot qu'il n'attendait plus arrivait soudainement. Il retournait dans son coin pour l'écrire.

C'était presque incroyable, il ne pouvait rédiger deux phrases d'affilée sans éprouver le besoin de marcher dans l'appartement. Il marchait, grignotait, regardait dehors : telle était sa façon d'écrire. Autrefois, quand il avait vingt ans et un dos normal, il pouvait facilement passer trois heures à sa table de travail sans même lever la tête. C'est du moins ce qu'il disait.

Rien de tout cela ne m'étonnait vraiment. Plus j'avançais dans la traduction de son roman, plus je comprenais une chose : le livre que j'avais en main constituait la dernière étape de son œuvre. Celle-ci était à présent terminée. Tout ce qui allait venir ensuite, si je peux me permettre, ne pouvait être qu'un *hors-d'œuvre*.

Monsieur Waterman était maigre et fatigué, il aurait dû se reposer et profiter de la vie. Déjà, il avait fait un infarctus. De temps en temps, son cœur s'arrêtait quelques secondes... et repartait. On se promenait dans le Vieux-Québec, par exemple, et soudain il s'immobilisait et prenait ma main. C'était sa façon de me prévenir qu'il avait un malaise. Il devenait tout pâle, et j'arrêtais de respirer moi aussi, mais ça ne durait que cinq secondes ; il lâchait ma main, son cœur était reparti. Et alors, pour que je ne m'inquiète pas trop, il employait une expression qui lui venait de son père : « C'est rien, une graine dans le gaz. » Son père avait un vieux pick-up et c'est ce qu'il disait quand le moteur *étouffait*.

Qu'il s'obstinât à travailler en dépit du bon sens, cela ne m'autorisait pas à le déranger n'importe quand. Le jour où le détective m'a trouvé l'adresse de la fille, j'ai attendu jusqu'à seize heures avant de l'appeler pour lui annoncer la nouvelle. Heureusement, sa journée était finie, il faisait les mots croisés du

Soleil. Je lui ai donné l'adresse. D'après lui, c'était probablement tout près de sa tour, du côté nord ; il ne manquerait pas de passer par là en faisant une promenade. Lorsque j'ai mentionné les hypothèses du détective, à savoir que la fille était recherchée ou protégée par la police, son ton a changé. Il a déclaré qu'il s'y rendait immédiatement et allait me rappeler aussitôt que possible.

Au bout de vingt minutes, il m'a expliqué que l'adresse correspondait à une maison de trois étages, sans compter le sous-sol. Il avait ouvert la porte extérieure, mais celle donnant accès aux étages était fermée à clé. Apparemment, il n'y avait pas de concierge. Toutes les boîtes aux lettres portaient le nom des locataires, sauf celle qui semblait appartenir à l'occupant du troisième. C'est tout ce qu'il avait noté dans l'entrée. Mais, en sortant, il avait trouvé un repère qui allait lui permettre de surveiller cet endroit depuis sa fenêtre du douzième étage : la maison d'en face avait un toit en tôle rouge vif.

12

L'ART D'APPRIVOISER

Dans mes rêves, je voyais souvent un renard bleu. C'était probablement celui qui s'appelle *isatis* (d'après mon *Petit Larousse*) et qui vit dans les régions arctiques. Il n'est pas vraiment bleu, mais la lune ou le soleil de minuit allument des reflets bleutés sur son poil gris.

Les chances que je l'aperçoive au chalet étaient nulles. En revanche, presque tous les jours à la brunante, je voyais un renard roux. Il descendait le chemin de terre au petit trot en examinant les alentours. La fréquence de ses visites me donnait à penser que j'étais sur son territoire de chasse. Il avait un museau effilé, des oreilles pointues, un corps efflanqué, une queue longue et fournie avec des poils blancs à l'extrémité, et il était encore plus roux que moi, je le jure.

Un soir, étant à court de bois sec pour allumer le poêle, je ramassais des branches mortes derrière le chalet. Le temps était doux, mais je continuais de faire des attisées parce que j'aimais trop l'odeur et le ronronnement du feu de bois. Le petit chat noir me suivait partout, se frôlant contre mes jambes, tandis que la vieille Chaloupe chassait les mulots sur le terrain du voisin.

La sonnerie du téléphone me fit rentrer en vitesse. Comme je m'étais un peu éloignée du chalet, je n'attrapai le combiné qu'au cinquième coup. On avait déjà raccroché. C'était peut-être monsieur Waterman, mais je n'avais aucune raison de m'inquiéter. Après son travail, il m'appelait souvent pour parler de tout et de rien, ou parce qu'il avait oublié un mot ou le titre d'un livre, ou encore pour me poser une question du genre : « Comment fait-on pour que le riz brun ne goûte pas les écailles de crevettes ? »

En jetant un coup d'œil machinal par la grande fenêtre de la cuisine, je vis poindre une silhouette au sommet de la côte. Des bras se balançaient, donc il ne s'agissait pas d'un animal. C'était une personne de petite taille qui descendait vers le chalet. Quand je vis les deux tresses, presque à l'horizontale, je reconnus la fillette du bout de la route, celle qui m'avait donné des renseignements sur la vieille et le taxi.

Je sortis pour l'accueillir. Le chat noir, qui m'attendait sur le perron, s'enfuit vers l'arrière du chalet en voyant la fille s'approcher.

— Il a peur de moi ? demanda-t-elle.

— Pas de toi en particulier, dis-je. Il a peur de tout le monde.

— De toi aussi ?

— Non. Je l'ai apprivoisé.

— Est-ce qu'il a un nom ?

— Il s'appelle *Famine*. Parce qu'il est maigre, je suppose.

— Je vais l'apprivoiser, moi aussi.

Elle prit ma main pour que je la conduise derrière le chalet. Il y avait des années que je n'avais pas tenu une main aussi petite dans la mienne, et j'eus tout à coup le sentiment d'être beaucoup plus vieille. La fillette portait un short rose, des souliers en toile de la même couleur et une chemisette blanche avec des motifs imprimés qui représentaient un éléphant, un ourson, une girafe, un dauphin, un lapin. Ma sœur avait un costume du même genre pour dormir.

En arrivant au bord du talus qui plonge vers l'érablière, nous vîmes le chat noir en train de grimper à l'arbre où se trouvait la grande cabane d'oiseaux. Il mit une patte sur le perchoir et se faufila à l'intérieur.

— C'est sa maison ? demanda la petite.

— Oui, dis-je. Comme ça, il est en sécurité.

J'expliquai à la fillette qu'il avait été mal accueilli par ma vieille chatte ; elle en était venue à le tolérer, mais le petit chat continuait de se méfier. Ma visiteuse fit signe qu'elle comprenait et demanda ensuite pourquoi la chatte était dégriffée, et comment il se faisait que l'ouverture de la cabane avait été agrandie. Pour mettre un terme à ses questions, je décidai d'en poser moi-même une ou deux :

— As-tu revu la vieille dame qui avait apporté le petit chat ?

— Non, dit-elle.

— Et ton pépé, il va bien ?

— Oui, mais il dort à cause des médicaments. C'est pour ça que je suis venue. Est-ce que je te dérange ?

— Pas du tout. Je ramassais des branches pour le poêle à bois.

— C'est tout ce que tu fais ?

— Non, j'arrache aussi des algues dans l'étang.

Je pointais mon doigt vers l'étang en contrebas. Pour que la fillette n'aille pas s'imaginer que c'était là mon occupation principale, j'ajoutai que je passais beaucoup de temps à traduire un livre en anglais. Cette information ne sembla pas du tout l'intéresser.

— Pourquoi tu les arraches, les algues ?

— Parce que l'eau est poisseuse.

— Ça veut dire qu'il y a trop de poissons ?

Je la regardai de biais pour voir si elle plaisantait, mais non.

— *Poisseuse,* ça veut dire que l'eau est un peu gluante. *Collante,* si tu préfères. Tu comprends ?

— Comment tu fais pour arracher les algues ? demanda-t-elle.

Et, tirant sur ma main, elle m'entraîna aussitôt en bas du talus, puis au bord de l'étang. Curieusement, la couleur de son short et de ses souliers était identique à celle des salicaires qui fleurissaient sur la rive depuis une semaine.

— Il y a deux méthodes, dis-je. Avec mes mains ou avec l'arracheur d'algues.

J'aurais dû m'en douter, elle exigea une démonstration de la deuxième méthode. Craignant de rater un autre coup de fil de monsieur Waterman, je priai la fillette de m'excuser un instant. Je remontai au chalet en courant et revins avec le combiné du téléphone que je laissai sur la table à pique-nique.

L'arracheur d'algues traînait sur le quai. Ce nom prétentieux désignait une simple gaule, une perche au bout de laquelle était attachée une solide ficelle. C'était un instrument de mon invention, une *patente*, comme on dit chez nous. Sous les yeux écarquillés de la petite, j'entrai dans l'eau en tenant la gaule d'une main et la ficelle de l'autre. Ayant trouvé une touffe d'algues, je plongeai l'extrémité de ma gaule au fond de l'eau, de manière à encadrer la touffe. Ensuite je ramenai la ficelle le long de la perche et j'imprimai un mouvement rotatif à l'instrument. Il ne restait plus qu'à donner un coup sec pour arracher les algues enroulées autour de la gaule.

Je venais d'arracher une grosse touffe et je l'avais déposée sur le quai aux pieds de la fillette, qui riait et battait des mains, quand j'aperçus le renard roux. Bizarrement, lui qui se méfiait de tout et ne restait jamais en place, il était assis au bas de la côte en train de nous regarder. Je fis signe à la petite de ne pas faire de bruit.

— Je le connais, chuchota-t-elle.

— Ah oui ?

— Une fois, quand il était pas malade, mon pépé me l'a montré avec son doigt : il passait en courant au fond de notre terrain. Mais je l'avais déjà vu avant.

— Où ça ?

— Dans un livre. Il était pareil : la même couleur, le nez pointu, les grandes oreilles, la belle queue. Il était juste un peu plus petit et il parlait.

— Qu'est-ce qu'il disait ?

— Toutes sortes d'affaires. Il disait qu'il était pas apprivoisé.

— Et alors ?

— Ben... pour l'apprivoiser, c'était toute une histoire !

— Peux-tu me raconter ça ?

À son tour, elle me regarda de travers. Elle avait l'air de se demander si j'étais sincère ou si je jouais la comédie, alors je déclarai que j'avais lu un récit de ce genre quand j'étais petite mais que je ne m'en souvenais plus. Après quelques secondes, elle parut me faire confiance et se mit à raconter l'histoire par courtes phrases qu'elle reliait avec des « et », ceux-ci étant plus nombreux que dans toutes les histoires que j'avais lues ou entendues dans ma vie, y compris les textes d'Ernest Hemingway que j'avais empruntés à monsieur Waterman.

— C'est un garçon, commença-t-elle. Il vient d'une petite planète de rien et il a un drôle de foulard autour du cou, et il a eu des problèmes avec un mouton et une rose, et un jour il arrive dans le désert et il rencontre un renard qui veut être apprivoisé...

Elle s'arrêta pour vérifier si le renard était toujours au bas de la côte. Il n'avait pas bougé, je n'en croyais pas mes yeux. Jamais, auparavant, je ne l'avais vu assis ou immobile : d'habitude, il trottait en regardant à gauche et à droite.

— Ensuite ? demandai-je doucement.

— C'est compliqué ! se plaignit-elle.

— Comment ça ?

— Mettons que je veux t'apprivoiser. Il faut que je vienne à la même heure tous les jours. Le lundi, je reste en haut de la côte et je te regarde de loin. Le mardi, je me rends au milieu de la côte, où il y a des pommiers. Le mercredi, je descends jusqu'à l'endroit où le renard est assis. Le jeudi, je m'installe à la table à pique-nique. Le vendredi, je m'arrête au bord de l'étang, et le samedi, je m'assois sur le quai, les pieds dans l'eau. Et le dimanche, j'ai la permission de te parler et de dire n'importe quoi. Tu vois comment c'est compliqué ?

— Je vois. Merci de m'avoir expliqué tout ça.

Apparemment, elle n'avait pas l'habitude d'être remerciée, car elle resta bouche bée. Quand je tournai les yeux vers le renard, il n'était plus là. Il avait quitté les lieux, comme s'il avait compris que l'histoire était terminée.

13

LA SORCIÈRE

Le coup de fil de monsieur Waterman n'arriva que le lendemain. Je ne l'attendais plus, car nous étions vendredi et l'horloge du poêle électrique indiquait quatre heures moins le quart : d'habitude, c'était à ce moment que l'écrivain quittait la Tour du Faubourg pour venir passer la fin de semaine chez moi. Je me préparais d'ailleurs à faire un peu de rangement dans le chalet, où mes affaires étaient toujours à la traîne.

Il avait une voix hésitante :

— Je t'ai parlé de la maison de la rue Richelieu... la maison où habite la fille qui a écrit le message, tu te souviens ?

— Bien sûr que je me souviens !

— Eh bien, il y a une terrasse sur le toit... Tout à l'heure, j'avais du mal à travailler, les mots ne venaient pas, alors j'ai tourné en rond dans le séjour et je me suis arrêté devant la porte-fenêtre du balcon...

— Oui...

— En regardant avec les jumelles, j'ai vu une fille. Elle était étendue sur une chaise longue.

Monsieur Waterman avait, de toute évidence, une nouvelle grave à m'annoncer et il tournait autour du pot, de crainte que je m'énerve. Mais j'étais deux fois plus énervée, si vous voulez le savoir.

— *Et alors ?*

— Je la regarde encore en ce moment. Elle est très jeune, elle a le teint pâle, les cheveux courts.

Ses yeux sont fermés, on dirait qu'elle dort. Elle porte un jean et une sorte de maillot de corps, sans manches. Je dis ça parce qu'on voit ses poignets.

— *Qu'est-ce qu'elle a aux poignets ?*

— Elle a des pansements, dit-il d'une voix morne.

— *J'arrive tout de suite !*

Au comble de l'inquiétude, j'attrapai mon portefeuille, les clés de la Jeep et mes papiers, et j'allais sortir quand l'écrivain rappela. Il n'avait pas eu le temps de me dire que son rendez-vous hebdomadaire avec une chiro de la Clinique de l'Arthrose avait été décalé. C'était à quatre heures trente et il partait dans une minute. Ensuite, il devait passer par la bibliothèque pour rendre des livres empruntés depuis trop longtemps.

Je répondis que j'allais l'attendre au cimetière et que je n'étais pas impatiente. Heureusement qu'il ne me voyait pas ! Sortant en coup de vent, je mis la Jeep en marche, puis je me ravisai et rentrai au chalet : j'avais oublié de laisser des croquettes et de l'eau aux chats. C'est ce que je fis, puis je remontai dans l'auto, mais avant même de refermer la portière, il me fallut retourner dans le chalet, car les deux chats étaient dehors ! Je plaçai la nourriture sur la table à pique-nique en espérant que les écureuils ou les ratons laveurs ne la voleraient pas. Au moment de démarrer, je sortis une dernière fois pour mettre la nourriture *sous* la table au cas où il pleuvrait.

Je brûlai deux feux rouges et, quinze minutes plus tard, j'étais rendue au cimetière de St. Matthew. Assise dans l'herbe, près de ma mère et de ma grand-mère, je commençai à réfléchir. Pour la première fois, je pris conscience que mon énervement était lié à la disparition de ma sœur. Je me mis à frissonner comme si un vent glacial m'avait brusquement frappée dans le dos.

C'était le souvenir le plus pénible de ma courte existence. Ma petite sœur s'était enlevé la vie pendant mon séjour en Europe. Puisque mes études étaient terminées, j'aurais dû me trouver auprès d'elle depuis un bon moment. Mais il faisait beau, c'était le début de l'été, je n'avais pas résisté à l'envie de prendre la route du Sud. Quittant Genève, je m'étais rendue à Lyon, puis j'avais suivi le Rhône jusqu'à la Méditerranée. J'avais ensuite longé la côte en direction sud-ouest. Je me trouvais dans un camping de Collioure, un petit village coincé entre la mer et la montagne, près de la frontière espagnole, quand j'avais appris la tragique nouvelle en téléphonant à la maison.

Il n'y avait pas de reproches dans la voix de ma mère, mais elle avait dit qu'il était trop tard pour assister aux funérailles. Ma sœur avait déjà été incinérée et, conformément à ce qu'elle souhaitait, ses cendres avaient été répandues sur une plage sablonneuse de la Grosse-Île, près de l'endroit où les premiers immigrants irlandais de notre famille étaient morts du typhus.

En ressassant ces pénibles souvenirs, je sentis se réveiller en moi le sentiment de culpabilité que j'avais refoulé au plus profond de ma mémoire. J'étais coupable de n'avoir pensé qu'à moi, de n'être pas allée au secours de ma sœur, de l'avoir abandonnée. La vieille blessure s'était rouverte.

Quand monsieur Waterman arriva, j'étais déprimée. Pour un peu, j'aurais pleuré, si vous voulez le savoir. Il eut la délicatesse de faire comme s'il ne se rendait compte de rien. S'excusant de son retard avec un sourire timide, il me tendit la main pour m'aider à me mettre debout. Et il garda ma main quelques instants dans la sienne pendant que nous marchions vers la sortie : c'était la première fois qu'il agissait ainsi.

— Mes jambes ne sont pas solides aujourd'hui, dit-il pour expliquer son geste. Un peu de fatigue, je suppose.

— On peut s'asseoir un moment, si vous voulez.

— Merci, ce ne sera pas nécessaire.

Nous sortîmes du cimetière. Le faubourg, avec ses devantures colorées, ses vitrines ésotériques, ses restaurants qui débordaient sur le trottoir, était très animé. Il y avait beaucoup de promeneurs sur Saint-Jean, alors nous prîmes la première rue à droite, qui était Sainte-Marie. Le trottoir n'étant pas assez large pour deux, nous marchions sur la chaussée quand il n'y avait pas d'autos. Deux intersections plus loin, nous tournâmes à gauche dans la rue Richelieu. La maison de la fille était tout près.

Pour faire croire que nous étions deux parents ou deux amis en visite, monsieur Waterman reprit ma main. Au numéro 609, nous arrivâmes devant un bâtiment de trois étages en briques de couleur ocre tirant sur le jaune. La porte était en bois vert foncé, comme il en existait un grand nombre dans le quartier. Monsieur Waterman l'ouvrit et j'entrai la première.

Nous étions dans un escalier abrupt aux marches recouvertes d'un gros tapis de jute. Du côté droit, on voyait trois boîtes aux lettres surmontées d'un support à journal et d'un bouton de sonnerie. Le nom de l'occupant était inscrit sur chaque boîte, sauf sur la boîte numéro 3, ainsi que monsieur Waterman l'avait indiqué dans son coup de téléphone.

D'abord, il fallait sonder la porte menant aux étages : c'est ce que je fis, mais elle était fermée à clé. Mon compagnon inclina la tête et écarta les deux mains en un geste qui signifiait : « C'est bien ce que j'avais dit ! »

— Qu'est-ce qu'on fait ? demandai-je. On sonne ?

— Attends, je connais un truc, dit-il.

Il sortit de son portefeuille cinq ou six cartes plastifiées. La plus souple et la plus résistante à la fois était celle de la Bibliothèque de Québec. Il l'inséra entre la porte et le chambranle, à la hauteur de la serrure, et essaya de la glisser jusqu'au pêne. Ce fut un échec.

— On sonne, décida-t-il.

— Au troisième étage ?

— Non, elle ne répondra pas. Il faut essayer de se faire ouvrir par un des autres locataires.

— J'ai une idée, dis-je, en montrant du doigt la boîte numéro 2, sur laquelle était inscrit le nom d'un anglophone.

— Moi aussi, dit monsieur Waterman.

Nous pensions à la même chose. J'appuyai alors sur le bouton de l'autre boîte, celle de l'appartement numéro 1, qui portait un nom français et très courant à Québec.

— Qu'est-ce que c'est ? demanda une voix traînante.

— J'ai oublié *mon* clé, se plaignit l'écrivain avec un léger accent anglais.

Pour toute réponse, le grésillement d'une sonnette se fit entendre dans l'entrée, et je n'eus qu'à pousser la porte. Nous passâmes rapidement devant l'appartement du premier étage, trop heureux de constater que l'occupant ne se donnait pas la peine de vérifier notre identité. Monsieur Waterman me précéda et nous montâmes au troisième en retenant notre souffle parce que les marches de l'escalier craquaient.

En haut, un couloir traversait tout l'étage pour aboutir à une sortie de secours. La porte de l'appartement se trouvait au milieu de ce couloir. De l'intérieur nous parvenait la voix grave et un peu éraillée d'Édith Piaf. Les mots disaient :

Si, un jour, la vie t'arrache à moi
Si tu meurs, que tu sois loin de moi
Peu m'importe, si tu m'aimes
Car moi je mourrai aussi

Monsieur Waterman me toucha le bras et s'assit tout à coup sur la première marche de l'escalier. Son visage était pâle et crispé.

— C'est rien, souffla-t-il. Une graine dans le gaz.

Nous écoutâmes la chanson jusqu'au bout. En se relevant, il fit un faux mouvement et perdit l'équilibre. Je le rattrapai par la ceinture, l'empêchant de débouler dans l'escalier, mais son épaule heurta lourdement la cloison. Le silence se fit à l'intérieur de l'appartement. Puis on entendit des pas, la porte s'ouvrit en grinçant et un visage apparut dans l'entrebâillement. Même si la porte se referma tout de suite, je ne suis pas près d'oublier cette vision. C'était un visage de vieille femme, creusé et tout plissé, avec des dents jaunies et un regard gris fer.

Nous redescendîmes l'escalier aussi vite que nous le permettaient les jambes de monsieur Waterman. Une fois dehors, je me rappelai les mots utilisés par la fillette du bout de la route, à l'île d'Orléans, quand elle avait décrit l'arrivée en taxi de la vieille femme et du chat noir. En parlant de la vieille, elle avait dit : « Une vraie sorcière ! »

14

UNE NUIT D'HORREUR

Pour cause de fatigue, monsieur Waterman remit au lendemain sa visite au chalet. Quant à moi, ne pouvant chasser de mon esprit ce qui était arrivé à ma petite sœur, je passai par la bibliothèque avant de quitter la ville et j'empruntai un volume qui racontait l'histoire de la Grosse-Île.

Famine et Chaloupe m'attendaient sur le perron du chalet. Les plats que j'avais mis à l'abri sous la table à pique-nique avaient été vidés et renversés : les ratons laveurs étaient venus et il y avait eu de la bagarre. Après avoir redonné de la nourriture aux chats, je me fis chauffer un ragoût de boulettes que je commençai à manger tout en tournant les pages de l'étude historique.

Mon livre, intitulé *Les témoins parlent*, contenait des textes, des tableaux et des photos d'époque. Tandis que je le feuilletais pour examiner les photos, mon regard fut attiré par un mot étrange, qui faisait penser à *Méphistophélès*. Comme j'avais largement dépassé cette page, je revins en arrière, cherchant le terme qui m'avait sauté aux yeux. Au bout de quelques instants, je parvins à le trouver : c'était le mot *méphitique*. Je ne le connaissais pas. Le texte se lisait ainsi :

« Les morts sont enterrés dans de longues tranchées où deux ou trois rangs de cercueils sont superposés les uns sur les autres. La couche de terre amoncelée autour de ces cercueils n'est pas toujours suffisamment épaisse pour empêcher que des exhalaisons méphitiques ne s'en élèvent ; il aurait peut-être été prudent d'enfouir ces cercueils à une plus grande profondeur, ou du moins de ne les mettre que sur un rang. On a parlé de répandre de la chaux vive sur ces masses corruptibles, et je ne sache pas qu'on l'ait fait. »

Le ragoût de boulettes menaçait de remonter dans mon estomac, alors je me levai pour faire quelques pas. Dans le solarium, les deux chats étaient assoupis au milieu de mes dictionnaires, le *Harrap's*, le *Webster* et les autres. J'ouvris le *Petit Robert* au mot *méphitique*. Le qualificatif s'employait en parlant d'une « exhalaison toxique et puante ».

En dépit de la pluie légère qui s'était mise à tomber, je sortis prendre l'air, coiffée du bob défraîchi de monsieur Waterman. J'escaladai la côte jusqu'à mi-chemin de la route principale, faisant détaler des écureuils dans la pénombre, puis je revins lentement sur mes pas. Quand j'ouvris la porte du chalet, les chats s'enfuirent dehors à toute vitesse. Je découvris la cause de cette précipitation en entrant dans la cuisine : ils avaient sauté sur la table et dévoré le reste des boulettes de mon ragoût.

Mon estomac s'était remis en place et j'avais faim. Je me fis un sandwich jambon-tomate avec laitue et moutarde. Et du vrai café. La nourriture bio ou granola, ce n'est pas trop mon genre. Quand une mode ou un courant de pensée veut m'imposer une façon d'agir, je fais exactement le contraire ; il se pourrait même que je développe un goût spécial pour le sorbate de potassium et l'érythorbate de sodium.

Comme l'air humide envahissait le chalet, je fis une attisée dans le poêle à bois, ce qui acheva de me calmer. J'avalai mon sandwich et m'installai dans la chaise berçante du solarium pour lire. Il faisait nuit, c'est tout juste si j'apercevais la tache grisâtre de l'étang éclairé par l'ampoule extérieure.

En 1847, les Irlandais avaient connu une terrible famine causée par une pénurie de pommes de terre. Les gens quittaient le pays par milliers. Ils rassemblaient quelques affaires et s'embarquaient sur des voiliers en partance pour l'Amérique. Déjà, ils étaient maigres et fragiles, et nombre d'entre eux avaient la dysenterie. Les plus pauvres se dirigeaient vers le Canada, parce que la traversée coûtait moins cher. Ils voyageaient à bord de navires conçus pour le transport du bois, parqués dans un entrepont où l'air était vicié et les installations sanitaires absentes. Après une traversée qui durait un mois et demi ou deux mois, selon la force des vents, les bateaux mouillaient au large de la Grosse-Île, sur laquelle se trouvait une station de quarantaine. À l'arrivée du premier voilier, cette année-là, une dizaine de passagers étaient morts et plus de cinquante souffraient du typhus. La situation n'avait fait qu'empirer avec les bateaux suivants ; on avait compté des milliers de morts et la Grosse-Île était devenue un cimetière.

C'est à peu près ce que ma mère nous avait raconté quand nous étions petites, ma sœur et moi, un jour que nous lui avions demandé pourquoi elle nous interdisait de laisser le moindre morceau de pomme de terre dans nos assiettes. Avec son caractère excessif, ma mère s'était laissé emporter par son récit. Trop impressionnées, nous n'avions pas voulu en savoir davantage.

Vers onze heures du soir, je m'inquiétai des chats que je n'avais pas revus de toute la soirée. C'était l'heure de les faire entrer et d'aller me coucher. Je me levai pour regarder par le carreau de la porte. Ils ne m'attendaient pas sur le perron. Dans la cuisine, je regardai aussi par la porte arrière, mais ils n'étaient pas là. Après avoir mis une bûche d'érable dans le poêle à bois, où il ne restait que des braises rougeoyantes, je retournai dans le solarium. Je jetai encore un coup d'œil dehors, par acquit de conscience, puis je me remis à lire dans ma chaise berçante en attendant le retour des chats.

Une semaine après l'arrivée des premières victimes du typhus, il y avait une dizaine de bateaux à l'ancre devant la Grosse-Île. Parmi les passagers, environ cinq cents étaient malades, alors que l'hôpital de l'île ne possédait que deux cents lits. À la fin de mai, on comptait mille trois cents malades sur l'île et une cinquantaine de décès par jour. En outre, quarante navires étaient ancrés aux environs, attendant la visite d'un médecin, et les passagers malades ou décédés étaient aussi nombreux que sur l'île. Le personnel ne suffisait plus à la tâche.

Dans mon livre, les témoins décrivaient des scènes horribles. Je voyais des malades croupir dans leurs excréments et personne ne venait les laver. J'en voyais d'autres qui passaient toute la nuit à côté d'un cadavre parce qu'on n'avait plus le temps d'enterrer les morts. Je voyais des enfants sales aux yeux exorbités qui erraient à la recherche de leurs parents. Je voyais un défilé de chaloupes qui partaient des voiliers avec des morts que l'on déposait sur la grève. Partout sur l'île régnait une odeur pestilentielle et l'eau était corrompue.

Ceux qui étaient morts pendant la traversée de l'Atlantique avaient été jetés à la mer. J'avais déjà vu une cérémonie de ce genre au cinéma. Le défunt est placé dans un sac de toile sur un plateau à bascule, près du bastingage. Un aumônier lit un passage de la Bible et, quand le capitaine donne un ordre bref, un marin lève le bout du plateau et on entend deux bruits : le raclement de la toile en jute sur les planches de bois, et un instant plus tard le *plouf* du corps qui tombe à l'eau. J'imagine qu'on ne peut jamais oublier ces deux bruits une fois qu'on les a entendus.

Deux heures du matin. Je m'arrêtai de lire à cause d'une chanson qui me revenait en mémoire. C'est ma mère qui nous la chantait quand elle avait du vague à l'âme. Si je me souviens bien, les mots disaient :

Les marins qui meurent en mer
Et que l'on jette au gouffre amer

Comme une pierre
Avec les chrétiens refroidis
Ne s'en vont pas au paradis
Trouver saint Pierre
Mais ils roulent d'écueil en écueil
Dans l'épouvantable cercueil
Du sac de toile
Et fidèle après leur trépas
Leur âme ne s'envole pas
Dans une étoile.

C'était la chanson la plus triste au monde, elle nous faisait pleurer, ma sœur et moi. Cependant, à force de l'entendre et aussi de me la chanter à moi-même, j'avais fait une découverte rassurante. Si l'âme avait coutume de s'envoler vers une étoile après la mort, cela signifiait qu'elle était essentiellement faite de lumière. Dans chaque individu, même le plus antipathique, il y avait donc une étincelle, une petite flamme qui le rendait unique et précieux.

Pour tout dire, je trouvais réconfortant de penser que ma petite sœur était installée là-haut, dans le ciel, et qu'elle veillait sur moi.

Quand je refermai le livre, il était trois heures et demie du matin. Le poêle était mort, il ne restait même plus de braise, et c'était frais et humide dans le chalet. Sortant par l'arrière, j'allai chercher une brassée de bois dans la grande cabane. La pluie avait cessé, mais il y avait du brouillard. Vu l'heure tardive, je ne fus pas mécontente de voir les chats accourir en miaulant. J'allais enfin pouvoir me coucher et essayer de dormir après cette nuit d'horreur.

15

LE CŒUR D'ANNE HÉBERT

Au matin, les chats m'éveillèrent trop tôt. Après leur avoir servi le petit déjeuner avec des gestes de somnambule, je me recouchai. Cinq minutes plus tard, il fallut que je me relève pour les laisser sortir. Ensuite je me remis au lit et dormis comme une bûche jusque vers midi, quand un bruit me réveilla. Monsieur Waterman était arrivé.

Ce que j'entendais faiblement, en provenance de la cuisine, me fit penser à John Irving, car c'était « le bruit de quelqu'un qui essaie de ne pas faire de bruit », comme dans *Une veuve de papier*. Je sortis de ma chambre pour voir ce qu'il faisait. Penché au-dessus de l'évier, il équeutait un casseau de fraises de jardin. Il mettait les queues dans un sac de plastique et rinçait les fraises dans un plat d'eau. Je compris qu'il s'était abstenu d'ouvrir le robinet afin de me laisser dormir.

— Ça sent bon ! dis-je.

— Bonjour, dit-il. C'est moi qui t'ai réveillée ?

Au moment où j'allais répondre « mais non, pas du tout », il prit une fraise bien mûre et me la mit doucement dans la bouche. Comme il me regardait avec un air moqueur, je me rendis compte que j'avais la chevelure ébouriffée et que mon t-shirt était un peu court. Je retournai dans la chambre pour m'habiller. Les histoires de sexe, on ne s'en occupait pas, monsieur Waterman et moi. On n'en avait jamais discuté, mais la plupart du temps, il semblait ne pas s'intéresser à cet aspect de ma personne. Je peux dire que ça m'arrangeait.

Pendant que je m'habillais, je constatai avec soulagement que les images obsédantes de ma sœur et des victimes du typhus s'étaient dissipées. Mais une autre image avait pris place dans ma tête : celle de la fille aux poignets bandés. Plusieurs questions me tourmentaient, y compris le rôle que la vieille aux allures de sorcière pouvait jouer dans la vie de cette adolescente.

Je revins dans la cuisine vêtue d'un short kaki et de mon t-shirt préféré, celui qui portait cette phrase d'Armand Gatti en lettres rouges : « La maîtrise des mots est subversion et insolence. » Monsieur Waterman avait préparé du café au percolateur et achevait de faire cuire des œufs au bacon. La table était déjà mise. Ce n'était pas la première fois qu'il s'occupait de moi avec la plus grande gentillesse, mais ce matin-là, il était vraiment très attentionné ; il avait compris que je n'étais pas dans une forme olympique. Quand il fut certain que je ne manquais de rien, il s'assit et mangea avec moi.

Un petit déjeuner aux œufs et au bacon n'était pas ce qui convenait le mieux à sa condition de cardiaque, et cela lui était bien égal. Ayant fait son infarctus alors qu'il avait cessé de fumer depuis un an et qu'il évitait le sucre et les mauvais gras, il cherchait à se venger du destin en prenant le contre-pied des avis médicaux. Il avait également renoncé à ses médicaments pour le cœur, estimant que leur seul effet bénéfique était de grossir le compte en banque du pharmacien. J'avais l'impression, pour ma part, qu'il ne tenait pas beaucoup à la vie depuis son dernier livre.

Après le repas, il fit la vaisselle, refusant mon aide. Ensuite il alla chercher des choses qu'il avait oubliées dans le Coyote. Pendant ce temps, je descendis à la Croisée des murmures. Assise dans l'herbe au fond du terrain, près des rosiers sauvages qui bordaient les deux ruisseaux, je le vis ramener les journaux et quelques volumes. Il posa sa lecture sur la table à pique-nique, le temps de prendre sa fameuse chaise Lafuma dans le chalet, puis il vint s'installer auprès de moi.

Chaque fois que je ne me sentais pas bien, monsieur Waterman arrivait à me réconforter d'une manière indirecte, l'air de rien, sans même demander ce qui n'allait pas.

— As-tu lu ça ? fit-il en se redressant sur sa chaise longue. Il me montrait un livre intitulé *Dialogue sur la traduction*. Je l'avais lu à l'époque où j'étais étudiante : c'était un échange de lettres entre Anne Hébert et une personne qui avait traduit en anglais son poème célèbre, *Le tombeau des rois*.

Je pris le livre qu'il me tendait. Le traducteur, lui-même poète, s'appelait F.R. Scott. Le poème d'Anne Hébert était grave et somptueux, et j'eus le souffle coupé en lisant les premiers vers :

> *J'ai mon cœur au poing*
> *Comme un faucon aveugle*

Éblouie, je fermai les yeux, tête inclinée en arrière. D'un seul coup, j'étais transportée dans la vieille maison du langage, à mi-chemin entre la terre et le ciel. J'ai l'air de divaguer, mais il n'en est rien : je venais d'entrer dans un lieu, un domaine, un univers où j'étais à l'abri des malheurs de ce monde et où, monsieur Waterman et moi, malgré la différence d'âge, nous avions la possibilité de nous rejoindre.

La suite du poème était impressionnante. La beauté et la mort allaient de pair ; les désirs charnels avaient la froideur des tombeaux. Je devinais que le cœur d'Anne Hébert, pour des raisons graves et anciennes, n'était pas libre de ses mouvements.

Monsieur Waterman me demanda si j'avais prêté attention à la fin du poème. Je lus à haute voix :

> *D'où vient donc que cet oiseau frémit*
> *Et tourne vers le matin*
> *Ses prunelles crevées ?*

— Maintenant, regarde la traduction, dit-il.

Frank Scott avait traduit le dernier vers par *Its perforated eyes*. La traduction était fidèle et me convenait. Il avait fait une deuxième version, à peu près équivalente. Et puis une troisième, fort surprenante, qui se terminait par les mots *blinded eyes*. L'oiseau, symbole du cœur, n'avait plus les yeux crevés : il était simplement aveugle. Et même, à supposer que le mot *blinded* avait un sens plus faible que *blind*, on pouvait penser que l'oiseau n'était qu'aveuglé, d'une manière temporaire...

Il me semblait que le traducteur avait de beaucoup adouci l'image employée par Anne Hébert. J'étais un peu scandalisée.

— Il a *corrigé* l'auteure, dis-je.

— On dirait bien. Mais regarde un peu plus loin...

Poursuivant ma lecture, je trouvai bientôt l'explication : selon la tradition de la fauconnerie, le chasseur ne crevait pas les yeux du faucon, mais se contentait de lui mettre un capuchon sur la tête jusqu'à l'instant où il le laissait s'envoler pour qu'il attrape une proie. Peut-être le traducteur croyait-il qu'Anne Hébert ignorait ce détail...

— J'ai une autre hypothèse, dit monsieur Waterman. Elle est un peu farfelue. Tu promets de ne pas rire ?

— Je le jure !

— En plus d'être poète, Frank Scott était professeur. Et il avait quinze ou vingt ans de plus qu'elle. Alors je l'imagine, vieux monsieur avec une barbe blanche, qui prend la belle Anne Hébert par la main pour lui expliquer que l'amour n'est pas dangereux, qu'elle n'a aucune raison d'avoir peur, que son cœur est libre et sans entrave.

— Merci beaucoup, dis-je.

Tendant le bras, je lui remis le livre. Il le coinça entre son menton et sa poitrine et ferma les yeux. On entendait le murmure des deux ruisseaux. Alors, sur la pointe de mes pieds nus, je m'approchai de lui et l'embrassai sur le front. Je voulais le remercier, sachant très bien que son hypothèse était une façon détournée de me rassurer. Il m'avait fait comprendre qu'il partageait mes inquiétudes et que je n'étais pas seule au monde.

16

LA VIEILLE ET LE PISTOLET

Au moment de retourner à Québec, le dimanche soir, monsieur Waterman me fit promettre de ne pas trop m'inquiéter. Il allait surveiller la terrasse de temps en temps et me prévenir aussitôt qu'il verrait quelqu'un. Venant d'un homme qui n'acceptait pas d'être distrait de son travail, cette offre me toucha beaucoup. Et avant de monter dans le Coyote, il eut un drôle de geste : il passa sa main dans ma tignasse rousse et me gratta le cuir chevelu, comme s'il voulait chasser mes idées noires.

Je pus me concentrer sur ma traduction pendant trois jours avec des pauses consacrées à la lecture, à des promenades en compagnie des chats et au nettoyage de l'étang. En arrachant des algues, j'étais consciente que j'extirpais un certain nombre de mauvais souvenirs, si vous voulez le savoir.

Quand le téléphone sonna, tôt le jeudi matin, je devinai que monsieur Waterman avait des nouvelles importantes.

— Je vois la vieille femme, annonça-t-il. Elle est sur la terrasse.

— Seule ? demandai-je.

— Elle est assise dans une chaise de jardin ordinaire et elle lit *Le Soleil*. Il y a une chaise longue à côté d'elle, mais elle est vide. Je veux dire, la vieille est toute seule.

— Vous regardez avec les Swarovski ?

— Oui.

— Qu'est-ce qui se passe ? C'est grave ?

— Je ne sais pas. Sur une table basse, entre les deux chaises, j'ai remarqué dès le début qu'il y avait un sac en papier brun. Et tout à l'heure, en allongeant la main, elle a pris un objet dans le sac...

— C'était quoi ?

Je commençais à m'énerver.

— Un pistolet.

— QUOI ?

— À mon avis, c'est un Beretta. Je dis ça parce que...

Je lui coupai la parole.

— On devrait appeler la police ! dis-je. Il faut les avertir qu'un drame se prépare !

— C'est ce que je me suis dit, moi aussi. Et puis, j'ai pensé qu'ils allaient rire de moi.

— Comment ça ?

— Tu imagines le dialogue ? Allô, la police ? J'appelle pour vous dire que je vois une femme avec un pistolet – Est-ce qu'elle menace quelqu'un avec son arme ? – Non, elle est toute seule, assise dans une chaise de jardin. – Pourriez-vous me décrire ce qu'elle fait exactement ? – Elle a examiné le pistolet, ensuite elle l'a remis dans un sac en papier brun. – Diriez-vous qu'elle semble triste ou déprimée ? – Non, elle lit le journal.

Monsieur Waterman avait raison. Il fallait trouver une autre solution.

— J'ai une idée, dis-je. Je vais téléphoner à monsieur Milhomme.

— Qui ?

— Le détective privé qui m'a déniché l'adresse de la fille. Je vais lui demander son avis.

— Très bonne idée. Tu me rappelleras ?

— Bien sûr.

Je savais que sa journée d'écriture était fichue, et j'en étais désolée, mais je n'ai pas trouvé les mots pour le dire. Tel que je le connaissais, il allait faire les cent pas entre sa planche à repasser et la porte-fenêtre du séjour, pour regarder si la vieille était toujours là. Et au lieu d'écrire son histoire, qui n'avançait qu'au rythme d'une demi-page par jour – ce qui faisait de lui l'écrivain le plus lent de Québec –, il allait perdre son temps à inventer des dialogues interminables entre lui et la vieille femme ou un policier imaginaire. Chaque fois qu'on le dérangeait, il réagissait de cette manière : c'est lui qui me l'avait raconté. J'aurais dû lui témoigner un peu de sympathie au lieu de raccrocher sèchement.

Le détective avait une mémoire d'éléphant. Il reconnut ma voix au téléphone, je n'eus pas besoin de me nommer. Je lui fis le récit de tout ce qui s'était passé depuis qu'il avait trouvé l'adresse de la fille. Pour finir, je parlai de la vieille et du pistolet. Il posa les mêmes questions que le policier imaginaire de monsieur Waterman. C'est normal, puisqu'il avait lui-même travaillé dans la police.

À ma place, le détective aurait essayé de savoir s'il existait un lien de parenté entre la vieille et la jeune fille. Une bonne méthode, c'était de prendre une photo de la vieille au moyen d'un téléobjectif et de montrer le cliché aux commerçants du quartier. Il ne fallait pas dire : « Connaissez-vous cette femme ? » mais plutôt : « Je travaille pour une compagnie d'assurances, cette femme vient d'avoir un héritage, est-ce que vous l'auriez déjà vue par ici ? » Si la réponse était affirmative, on pouvait poser des questions plus précises : est-ce qu'elle travaillait ? est-ce qu'elle avait des enfants ? etc.

Nous n'avions pas ce type d'appareil photo, monsieur Waterman et moi. Comment faire pour en obtenir un ? J'avais déjà ma petite idée, elle m'était venue tandis que j'écoutais les conseils du détective. Cependant, une mise en scène était nécessaire, et j'hésitais. Et tout à coup, je me rappelai mon mot d'ordre préféré : *En cas de doute, fonce tête baissée !*

D'abord, je pris une douche en utilisant avec générosité un savon plus parfumé que mon Irish Spring habituel. Je me brossai les cheveux pour leur donner du volume, et je les laissai flotter dans mon dos. Ensuite, j'enfilai mon unique minijupe ainsi qu'un débardeur très serré qui laissait voir mon nombril. Quand je sortis du chalet pour monter dans la Jeep, les deux chats, allongés parmi les dictionnaires sur la table du solarium, me regardaient comme si j'étais une étrangère.

Le détective Milhomme habitait à Beauport, rue Corbin. Même si je n'étais pas retournée chez lui depuis l'époque de mes fugues, je n'eus aucun mal à retrouver sa maison. En feuilletant de vieux magazines, dans la salle d'attente, je tombai sur une interview que monsieur Waterman avait accordée lors de la publication de son premier roman. C'était une interview traditionnelle, telle que je les aimais, avec une typographie différente pour les questions et les réponses. Un grand nombre de parenthèses et de points de suspension marquaient les hésitations, les silences et tout ce qui relevait de l'expression corporelle.

J'étais plongée dans cette lecture lorsque le détective me pria d'entrer. Tandis que je refermais la porte de son bureau avant de m'installer dans le fauteuil des visiteurs, je sentis son regard qui s'insinuait dans l'échancrure latérale de mon débardeur, glissait doucement sur l'arrière de mes cuisses et sur mes mollets. Sans me dépêcher et avec un léger balancement des hanches qui me faisait penser à la démarche de la vieille Chaloupe, j'allai m'asseoir en face de lui, les genoux croisés très haut. C'est une arme secrète que j'utilise, comme toutes les filles, mais seulement en cas d'urgence.

Bien que je ne possède pas les jambes interminables de Maria Sharapova, la tenniswoman russe, il me fut très facile d'obtenir du détective qu'il me prête son appareil photo muni d'un téléobjectif. Après avoir juré sur la tête de ma mère d'en prendre soin et de le rapporter dans les jours suivants, je quittai son bureau en balançant mes hanches une dernière fois, autant pour le remercier que pour mon propre plaisir.

17

UN REFUGE EN HAUTE MONTAGNE

Monsieur Waterman prenait soin de moi et s'efforçait d'apaiser mes inquiétudes. En retour, j'essayais au moins de ne pas interrompre son travail. Ainsi, pour lui remettre l'appareil photo, j'attendis jusqu'au milieu de l'après-midi : en général, il allait marcher dans le quartier vers quinze heures trente. Quand j'arrivai chez lui, ce jour-là, il était déjà sorti. Je confiai l'appareil à la gardienne de l'immeuble avec un mot d'explication.

De retour à l'île, je changeai de vêtements et, bien calée sur le divan-lit du solarium, je repris l'interview que j'avais commencé à lire dans la salle d'attente du détective – j'avais piqué le magazine en sortant de son bureau.

Dès le début, monsieur Waterman était sur ses gardes. S'il acceptait de répondre aux questions, c'était uniquement parce que son éditeur lui avait tordu le bras ; il aurait préféré ne pas s'immiscer entre le lecteur et le livre. En fait, il refusait de raconter sa vie. Son enfance, en particulier, constituait un domaine secret et une source d'inspiration qu'il n'avait pas envie de partager avec tout le monde. L'idée qu'il pouvait devenir un homme connu lui faisait horreur. La seule fois où il s'était prêté à une séance de signatures, il avait eu le sentiment très net de s'être montré prétentieux et ridicule. Il préférait rester dans l'ombre. Selon lui, les médias se plaisaient à mettre les gens sur un piédestal afin d'avoir une meilleure chance de les descendre à la première occasion. Il était légèrement parano, si je peux me permettre.

L'interviewer s'était rabattu sur les questions classiques :

Q. Pourquoi écrivez-vous ?

R. *Pour voir mon nom dans le journal.*

Q. Vous n'êtes pas poussé par un besoin irrépressible ?

R. (Sourire amusé.) *Non.*

Q. Vous ne voulez pas changer le monde ?

R. *Non.* (Il lève les yeux au ciel.)

Q. Quelles sont vos habitudes de travail ?

R. *J'écris trois heures le matin. Je mange et j'écris encore deux heures l'après-midi.*

Q. L'inspiration vient facilement ?

R. (Soupirs.) *Non, mais je reste sur place et j'attends. À la longue, les mots arrivent. Il y a un rythme qui s'établit au bout d'un moment. Et si on tient le coup pendant une année, on a un premier brouillon.*

Q. Qu'est-ce qui vous nuit le plus ?

R. *Mes propres limites intellectuelles... mais aussi les voisins.* (Il fronce les sourcils.) *Les maudits voisins ! En ville, le bruit de la télé ! En banlieue, les tondeuses ! À la campagne, les tracteurs !*

Q. Heureusement qu'il y a les bouchons d'oreilles...

R. *Oui. C'est l'invention du siècle !* (Rires.)

Q. Qu'est-ce qui vous aide, à part ça ?

R. (Long silence.) *Les chagrins d'amour.* (Il tousse.) *Ça rend l'âme plus sensible et on voit les choses d'une manière plus personnelle.*

Q. La manière de voir, c'est important ?

R. *C'est essentiel !* (Il hausse le ton.) *C'est la condition indispensable pour avoir un style. Je dis un style, pas du style !*

Q. Il y a une différence ?

R. *Une différence ?... C'est le jour et la nuit !* (Il s'emporte.) *On a du style quand on écrit bien, c'est-à-dire quand on se conforme à un modèle ! Avoir* un *style, c'est le contraire : on écrit à sa manière, sans tenir compte des règles !*

Moi qui n'aimais pas les règles, je constatais avec plaisir que monsieur Waterman entendait lui aussi n'en faire qu'à sa tête. Avant de lire la suite, je mis le nez à la fenêtre pour voir si les chats voulaient entrer. Ils se trouvaient tous deux au milieu de la côte, à l'endroit où le renard s'était assis, et il y avait quelqu'un avec eux. De nouveau, je reconnus la mince silhouette et les tresses obliques de la petite fille du bout de la route. Elle venait voir les chats de temps en temps. D'après ses gestes, elle était en train de leur raconter une histoire.

Dans l'interview, monsieur Waterman devenait impatient. Il déclarait sur un ton péremptoire que si, au XIXe siècle, le romancier tenait lieu de psychologue et de sociologue, il n'était plus acceptable d'écrire de la même façon à notre époque. Les peintures de l'âme humaine et de la société étaient dépassées et il fallait trouver de nouvelles sources d'inspiration.

Sur quoi donc devait se baser le roman contemporain ? demandait l'interviewer. Sur les ressources infinies du langage ! répondait monsieur Waterman d'une voix exaltée. Et il se lançait dans une longue tirade qui faisait l'éloge de la langue et se terminait par une citation qu'il eut beaucoup de mal à retrouver dans son carnet de notes tout sale et couvert de ratures :

« Car bien souvent les exilés n'emportent pas de terre aux semelles de leurs souliers ; ils n'emportent rien d'autre qu'un nuage de poussière dorée et dansante qui nimbera tous les êtres, toutes les choses, tous les paysages sur lesquels se poseront leurs regards, s'attarderont leurs caresses ; et ce poudroiement infime, impalpable, fait de cendres mortes et de pollen fécond, s'appelle la langue. »

Il précisa que ce texte était de Sylvie Durastanti, et je fus heureuse d'apprendre qu'il s'agissait d'une traductrice. Du même souffle, il citait la fameuse phrase de Heidegger : « Le langage est la maison de l'être. » Se fondant sur cet énoncé, il échafaudait une théorie du roman que je n'étais pas sûre de bien saisir. Il voyait le roman comme une maison bâtie avec les matériaux du passé (les *cendres mortes*) et ceux du futur (le *pollen fécond*). Pour la construire, l'outil principal était évidemment le style.

Dehors, la fillette du bout de la route était partie. Après avoir fait entrer les deux chats, je revins à l'entretien, où le mot *maison* avait accroché mon œil. Poussé par les questions de l'interviewer, monsieur Waterman disait que, pour lui, *maison* signifiait abri, refuge. Par déformation profession-nelle, j'eus le réflexe de consulter le *Petit Robert*. Je fis des excuses et quelques caresses à la vieille Chaloupe qui, comme d'habitude, s'appuyait la tête contre ce dictionnaire. Au mot *refuge*, je trouvai la description suivante : « Petite construction en haute montagne, où les alpinistes peuvent passer la nuit. »

C'était à mon avis la meilleure définition du roman.

18

LA CAISSE ENREGISTREUSE

Monsieur Waterman avait une photo de la vieille femme dans sa poche et nous marchions en silence. Le temps était lourd, on annonçait de la pluie et peut-être de l'orage. Nous arrivions chez l'épicier, au coin de Richelieu et Sainte-Marie.

La photo avait un *flou artistique*, mais ce n'était pas la faute de l'écrivain. Au début de la semaine, le détective Milhomme m'avait rappelée pour me dire qu'avec un téléobjectif, la plupart des gens utilisaient un trépied. À défaut de celui-ci, il nous conseillait d'appuyer l'appareil à un cadre de fenêtre, comme lui-même le faisait pour photographier dans son auto. Quand j'avais transmis ce renseignement à monsieur Waterman, c'était trop tard : la vieille avait réapparu sur la terrasse, il avait pris une série de photos et le film était rendu à l'atelier de développement.

Pour notre enquête de voisinage, il ne fallait avoir l'air ni de voyous, ni de policiers en civil. Comme nos vêtements nous rangeaient plutôt dans la première catégorie, nous étions allés au Village des Valeurs de la Canardière. Nous avions trouvé, pour lui, un pantalon gris et un polo bleu pâle, et pour moi, une chemise blanche à manches courtes et une longue jupe bleu marine. Le tout pour moins de dix dollars chacun. Nos cabines d'essayage étaient contiguës, et j'avais été surprise d'apprendre, au milieu de nos fous rires, que monsieur Waterman, dont la réputation était pourtant établie, n'avait dans sa garde-robe que des jeans et des t-shirts. Sans doute était-ce pour cette raison qu'il refusait de participer à quelque cérémonie que ce soit, faisant sienne cette déclaration d'Ernest Hemingway : « J'espère n'avoir jamais à m'habiller plus cérémonieusement qu'en enfilant des sous-vêtements. »

Les commerces étaient rares dans le quartier de la vieille femme, si on ne tenait pas compte de ceux qui avaient pignon sur la rue Saint-Jean. On trouvait bien un garage Auto Place dans la rue d'Aiguillon, non loin de la Tour du Faubourg, mais la vieille ne pouvait être connue à cet endroit, car elle n'avait pas d'auto – elle avait pris un taxi pour emmener le chat noir à l'île. Nous n'avions finalement le choix qu'entre les trois ou quatre dépanneurs des environs (je préférais les appeler *épiciers du coin* puisqu'ils étaient ordinairement situés à l'angle de deux rues).

Donc, nous arrivions à l'épicerie la plus proche de l'immeuble où habitaient la vieille et la très jeune fille. Monsieur Waterman poussa la porte et me laissa passer devant lui. L'épicier se tenait derrière son comptoir. J'eus le temps de voir que l'homme avait un gros ventre et qu'une caméra de surveillance était accrochée au plafond. Il y avait une file de trois personnes à la caisse. Comme prévu dans notre plan, nous enfilâmes la première allée pour acheter des conserves : une boîte de thon pâle en morceaux, du ketchup aux fruits Habitant, de la soupe Lipton nouilles et poulet, et aussi le *Journal de Québec*.

Pendant que nous attendions dans la file avec nos provisions, une femme entra avec un bébé dans les bras. Elle n'acheta qu'un paquet de couches Pampers et je l'invitai à passer devant nous. Quand notre tour arriva, monsieur Waterman posa la photo de la vieille sur le comptoir en même temps que nos achats ; nous voulions juste piquer la curiosité de l'épicier et voir sa réaction. Le gros homme avait des lunettes qui lui tombaient sur le bout du nez, un tatouage de sirène aux seins nus sur un bras, et on voyait qu'il portait une perruque. Il jeta un coup d'œil à la photo par-dessus ses lunettes, puis enregistra nos achats sur sa caisse sans dire un mot. C'était une caisse à l'ancienne, très massive, peut-être en laiton, mais je n'y connais rien ; le montant des achats s'affichait dans une fenêtre occupant toute la partie supérieure, et un timbre clair accompagnait l'ouverture du tiroir.

L'épicier rangea nos provisions dans un sac en plastique. Monsieur Waterman paya les achats. Après avoir recueilli sa monnaie, il mit la photo directement sous le nez du gros homme.

— Connaissez-vous cette femme ? demanda-t-il.

Je lui donnai un petit coup de coude dans les côtes : c'était justement la question que le détective avait dit de ne pas poser ! L'épicier examina le cliché en fronçant les sourcils. Il haussa les épaules et ne répondit pas. On pouvait croire que son magasin était envahi par des gens qui n'arrêtaient pas de lui mettre des photos sous le nez et qu'il commençait à en avoir ras le bol. Je n'aimais pas son attitude : les gens qui portent une perruque, j'ai toujours l'impression qu'ils manquent de franchise.

Monsieur Waterman insista :

— C'est une de vos clientes.

— *So what ?* fit-il.

— Elle habite à côté. Vous devez la voir de temps en temps : une petite vieille, maigre comme un clou...

— En quoi ça vous regarde ?

— Je suis son voisin. On la cherche parce qu'elle a gagné à la loto et elle a disparu.

— Elle vous a confié le billet ?

— Non, mais...

Monsieur Waterman se tourna vers moi. Il ne pouvait s'empêcher de sourire : notre plan commençait à bien fonctionner. C'était à mon tour d'intervenir, et je pris ma voix la plus douce :

— On n'a pas le billet parce que notre voisine l'a gardé avec elle. C'est normal, elle ne voulait pas qu'une autre personne réclame l'argent à sa place. Mais elle a transcrit le numéro sur un carton d'allumettes. Une petite minute...

J'ouvris le sac à main que j'avais préparé avant de partir du chalet. Pour faire durer le suspense, je fouillai longuement dans le fond du sac, faisant cliqueter mon trousseau de clés, mes stylos et tout le bataclan. Quand je sortis enfin le carton, écorné et défraîchi, monsieur Waterman commençait à me regarder de travers.

L'épicier prit le morceau de carton entre le pouce et l'index, remonta ses lunettes et l'examina d'un air soupçonneux. Il se gratta l'oreille, près de l'endroit où ses favoris étaient plus foncés que la perruque, puis il fit exactement ce que nous espérions : il sortit le *Journal de Québec* de notre sac en plastique et se mit à le feuilleter. Quand il eut trouvé la page des gagnants de la loto, il mit le doigt sur un numéro de la liste et vérifia les chiffres inscrits sur le bout de carton.

— C'est le même numéro, conclut-il.

— Bien sûr, dit monsieur Waterman.

— J'espère que vous allez retrouver la petite vieille, dit l'épicier. Comment elle s'appelle, déjà ? Ah oui, madame Lavigueur.

— Vous l'avez vue dernièrement ?

— Pas depuis trois jours.

Cette dernière réponse ne venait pas de l'épicier, mais d'une personne que nous n'avions pas aperçue jusque-là. Une petite femme maigre, à l'air sévère, qui se tenait dans l'encadrement d'une porte, derrière le gros homme. Elle était appuyée sur un balai et nous regardait avec curiosité. Comme ses yeux s'attardaient sur moi, je lui demandai :

— La dernière fois, elle était comment ?

— Fatiguée. Je savais qu'elle était malade... Elle a raconté qu'elle partait en voyage, mais c'était pas difficile de comprendre ce qu'elle voulait dire.

L'épicier avait les bras croisés. C'était sa femme et il la laissait parler.

— Elle était seule ? demandai-je.

— Oui.

— L'avez-vous déjà vue avec une fille, une très jeune fille ?

Ma voix tremblait un peu, en dépit de mes efforts, parce que je pensais à ma sœur.

— La petite Limoilou ? fit-elle. L'année passée, elle venait toute seule. Je m'en souviens parce qu'elle avait un chandail gris à capuchon. Elle traînait un petit chat noir dans son dos et c'était drôle de le voir quand il sortait sa tête du capuchon et mettait ses pattes sur son épaule.

— Et cette année... ?

— Cette année, elle est venue plusieurs fois avec la vieille femme et on n'aimait pas beaucoup ça.

— Pourquoi ?

Elle haussa les épaules.

— Cette vieille, on n'a jamais eu confiance en elle. Moi, en tout cas, j'aurais voulu que la petite se méfie.

— D'après vous, elle est en danger ?

— Elle a quinze ans, à peu près, c'est encore une petite fille...

La femme ne termina pas sa phrase et donna un vigoureux coup de balai à des ordures qui traînaient sur le plancher.

Monsieur Waterman risqua une autre question :

— Chère madame, dit-il respectueusement, la dernière fois que vous avez vu la vieille femme, je veux dire madame Lavigueur, vous dites qu'elle parlait d'un voyage ?

— Ce que j'ai compris, monsieur, c'est qu'elle avait une maladie grave, peut-être un cancer, et qu'il n'y avait plus rien à faire : c'était trop tard.

Elle se tut.

Le gros épicier appuya sur une touche de la caisse enregistreuse. Le tiroir s'ouvrit avec un bruit de clochette qui sonna haut et clair, tandis que l'inscription *NO SALE* apparaissait dans la fenêtre du haut.

L'entretien était terminé.

19

MON ONCLE DU CONNECTICUT

Je devenais un peu zouave.

Moi qui avais toujours été une nomade, moi qui faisais tout ce qui me passait par la tête, qui avais déjà pris le premier avion pour n'importe où, qui ne m'attachais à rien ni à personne, voilà que je me faisais un énorme souci pour les gens et les bêtes vivant autour de moi.

Un soir après le souper, au moment où je sortais pour cueillir des framboises au bord du chemin, j'entendis le bruit d'une respiration haletante. Une sorte de souffle asthmatique. Chaloupe, qui avait déjà le nez dans la moustiquaire, se mit à gronder, le poil hérissé comme un porc-épic. En levant les yeux, j'aperçus un chevreuil qui descendait la côte.

Le chat noir vint nous rejoindre. Je les pris dans mes bras, lui et la vieille chatte, et les plaçai sur une chaise en face de la fenêtre. Les grondements de Chaloupe se muèrent en une plainte gutturale, et alors le petit chat, les oreilles couchées, sauta à terre et alla se blottir derrière le divan-lit du solarium.

Ce n'était pas un chevreuil, mais une biche. Elle se trouvait déjà au milieu de la côte. Élégante et mince, juchée sur de longues pattes, elle descendait vers nous, l'air effarouché. Elle avançait en croisant les chevilles à la manière des *top models* qui ondulent des hanches dans les défilés de mode.

À quelques mètres de l'endroit où ma Jeep était garée, elle fit un écart à droite, sauta le fossé, et je vis sa courte queue blanche s'agiter un instant dans le sentier menant au pied de la falaise. Je sortis à toute vitesse avec la chatte pour regarder dans cette direction, mais elle avait disparu.

Depuis ce jour, pour quelque mystérieuse raison, je voulais la revoir à tout prix. Je descendais le sentier raviné où je l'avais perdue de vue. Au bas de la falaise, je parcourais le champ d'avoine en prenant soin de ne pas écraser les tiges blondes, de plus en plus hautes chaque semaine. Je fus en partie rassurée le jour où je découvris, à l'autre bout du champ, un assez grand *ravage* de chevreuils – un espace de vingt-cinq mètres carrés où l'avoine était rabattue au sol. Si c'était là que la biche dormait, au moins elle n'était pas toute seule.

Avant de remonter au chalet, je fis un détour par l'enclos des chevaux de course à la retraite. Je me disais que la biche n'aurait aucun mal à sauter par-dessus la clôture électrique, vu l'aisance avec laquelle elle avait enjambé le fossé en quittant le chemin de terre. Les chevaux vinrent à ma rencontre et je me dépêchai d'entrer avant qu'ils ne prennent un choc. Je leur racontai ce qui se passait. Ils m'écoutèrent patiemment et hochèrent la tête en secouant leur crinière comme pour affirmer qu'ils comprenaient très bien la situation et que si, d'aventure, la biche ou l'un de ses compagnons sautait dans l'enclos afin de brouter un peu d'herbe avec eux, ils seraient accueillis avec cordialité.

Autre signe que j'étais zouave : en remontant vers le chalet, je me mis à parler aux bouleaux. Il y en avait une dizaine en bordure du sentier. Plutôt mal en point, ils se tenaient serrés les uns sur les autres : on aurait dit qu'ils avaient besoin de se défendre contre l'envahissement des érables et des frênes. Leurs racines poussaient à fleur de terre et s'accrochaient péniblement aux rochers de la falaise. Ils menaient une vie difficile, et je leur expliquai que ma vie, à moi aussi, devenait compliquée, que je perdais mon indépendance et que je me sentais vulnérable comme eux.

Au chalet, me rendant compte que j'avais le cerveau un peu dérangé, j'eus envie de discuter avec monsieur Waterman. Je parlais à ma mère, à ma grand-mère, aux chats, aux chevaux, à presque tous les êtres vivants qui peuplaient mon paradis terrestre, c'était la moindre des choses que je parle à mon meilleur ami. J'avais la main sur le combiné, quand tout à coup la peur de déranger arrêta mon geste. Réflexion faite, il valait mieux lui écrire : il aurait du même coup une enveloppe de plus pour noter ses mots et ses bouts de phrases.

Je commençai ma lettre en lui parlant de la biche que j'avais aperçue dans la côte. Dès les premiers mots, toutefois – je ne sais trop comment le dire – il se produisit une sorte de dérapage ; les mots ont probablement leur propre logique. En essayant de décrire la biche, les termes que j'utilisais me faisaient penser à la jeune fille aux poignets bandés. Et, à son tour, l'image de la fille me rappelait la disparition de ma sœur.

J'éprouvais vis-à-vis de ma petite sœur un sentiment de culpabilité d'autant plus vif que, contrairement à moi, elle était venue à mon secours dans un moment critique de ma vie. Alors je décidai de raconter cette histoire à monsieur Waterman. C'était la première fois que j'en parlais à quelqu'un, et je fis un effort pour trouver les mots justes et ne pas déraper.

J'avais douze ans. À cette époque, nous n'avions pas encore déménagé à Québec (dans le quartier du Cap-Blanc où vivaient un grand nombre de familles irlandaises). Nous habitions une maison en briques de deux étages, au bord d'une rivière, dans un village tranquille des Cantons-de-l'Est. C'étaient les vacances de Noël et, comme d'habitude, la maison était envahie par une demi-douzaine d'oncles et de tantes, certains venant des États-Unis. Ils aidaient ma mère à faire la cuisine, ils étaient drôles et aimaient boire un coup. Le soir, ils jouaient aux cartes ou bien au Monopoly, ou encore ils se groupaient autour du piano pour chanter *When Irish Eyes are Smiling* et d'autres vieilles ballades irlandaises.

Mais le matin de Noël, je n'avais pas le goût de rire. En me levant, j'avais trouvé mon chat étendu sous le sapin, sans vie et tout raide, au milieu des cadeaux que nous avions déballés la veille, après la messe de minuit. Peut-être avait-il mangé une des tartines de mort-aux-rats que ma mère plaçait à certains endroits de la cave pour éliminer les rongeurs. Comme il était encore petit, je l'avais mis dans une boîte à chaussures en attendant d'avoir une idée pour les funérailles. Dans l'après-midi, j'avais temporairement oublié mon chagrin en jouant au hockey sur la rivière gelée avec des amis.

La nuit suivante, pendant que je dormais, quelqu'un est entré dans la chambre que je partageais avec ma sœur. Quand je m'en suis rendu compte, il s'allongeait à côté de moi dans mon lit. C'était un de mes oncles, celui qui venait du Connecticut et cherchait toujours à nous impressionner ; par exemple, il affirmait que l'Amérique avait été découverte par un de nos compatriotes, le moine Brendan, quatre siècles avant les Vikings, et une éternité avant Christophe Colomb.

En chuchotant pour ne pas réveiller ma sœur, mon oncle me disait que je n'avais rien à craindre : il voulait seulement me consoler de la perte de mon chat. Il était gros, il avait une haleine de bière et ses mains n'arrêtaient pas de fureter dans le pantalon de mon pyjama.

Soudain, ma sœur s'est mise à crier. Ma mère est accourue. Il y eut une scène ponctuée de cris et de gifles. Le lendemain matin, l'oncle est reparti avec sa femme pour le Connecticut. Le nom de cet État me fait toujours penser au claquement d'une paire de ciseaux. À cause de la dernière syllabe.

20

MA SŒUR ET LES AUTRES ÉTOILES

J'avais un pressentiment.

Quelque chose me disait que l'histoire amorcée par l'arrivée du chat noir était sur le point de connaître son dénouement. C'est pourquoi, en plein milieu de la semaine, je quittai le chalet pour me rendre à la Tour du Faubourg. Je sentais le besoin de me rapprocher de monsieur Waterman : à deux, il serait plus facile de résoudre les problèmes qui s'annonçaient.

Avant de partir, je laissai plusieurs bols d'eau et de croquettes aux deux chats, et, cette fois, je confiai une clé du chalet à la petite fille du bout de la route. Elle accepta d'aller leur tenir compagnie et de les faire sortir si je n'étais pas revenue le samedi matin – nous étions le mercredi soir.

Il n'y eut pas de réponse quand je sonnai à l'appartement de monsieur Waterman, alors j'allai l'attendre comme d'habitude au cimetière de l'église St. Matthew. Assise dans mon coin préféré, je fis à ma mère le récit de tout ce qui s'était passé depuis ma dernière visite chez elle. Je dis *chez elle* parce que, en dépit du fait que le vieux cimetière avait été transformé en parc et qu'on y voyait des promeneurs, des liseurs et des flâneurs, il était demeuré dans mon esprit une propriété familiale.

L'automne n'était pas loin et je notai que les feuilles des grands chênes commençaient à roussir. Pendant une minute ou deux, j'entendis un oiseau dont le chant m'était inconnu. Il se tut et, dans le ciel de plus en plus sombre, apparurent les premières étoiles. La plus brillante se trouvait au nord-ouest, je la voyais à travers les branches, à gauche de la tour où habitait monsieur Waterman. Ce n'était pas vraiment une étoile, mais la planète connue de tout le monde, Vénus. Pour mieux la voir, je me levai et m'approchai du muret qui longeait le trottoir de la rue Saint-Jean. Juste à côté d'elle, comme tapie dans son ombre, il y avait une petite étoile que j'aimais beaucoup et que personne d'autre ne semblait voir. À l'île d'Orléans, il me suffisait de lever les yeux pour la contempler, mais là dans le faubourg, aveuglée par la lumière des lampadaires, je la cherchai en vain. Si vous voulez le savoir, c'est dans cette étoile, près de Vénus, que l'âme de ma sœur avait trouvé refuge.

Monsieur Waterman passait devant moi sur le trottoir, portant un sac d'épicerie, et je lui fis un signe de la main. Son visage tendu s'éclaira d'un bref sourire quand il m'aperçut, mais il avait les traits tirés. De toute évidence, son travail n'allait pas bien, et je pouvais facilement deviner la raison de ses difficultés.

Chez lui, il me confirma qu'il n'arrivait plus à écrire. Il passait son temps à vérifier s'il y avait quelqu'un sur la terrasse. Et il imaginait de longs dialogues entre lui et une des personnes que nous avions rencontrées depuis le début de cette histoire, ou bien entre lui et son éditeur qui s'inquiétait de ne pas recevoir son manuscrit.

Tout en préparant du café, il me raconta que, la nuit précédente, il avait rêvé au roman qu'il écrivait ; soudainement, il s'était réveillé parce qu'une phrase très complexe lui était venue en tête. Le genre de phrases qu'il aurait mis des heures à construire pendant la journée. Elle était très élégante, elle coulait en ondulant comme une rivière dans la plaine. Sans allumer la lumière, il s'était levé pour la noter sur une enveloppe. Et, en jetant un coup d'œil par la fenêtre avant de se recoucher, il avait vu deux ombres quitter la terrasse.

La nuit avait été mauvaise, il s'était levé plusieurs fois pour regarder si les ombres étaient revenues. Je lui offris de rester jusqu'au matin et de surveiller la terrasse pendant qu'il dormirait. Dès que j'apercevrais quelqu'un, je le réveillerais, c'était promis. Après s'être inquiété de mes chats, puis de l'effet du manque de sommeil sur mon humeur, il accepta ma proposition et se coucha très tôt.

Tandis qu'il dormait, je m'installai dans le séjour, près de la porte-fenêtre, allongée avec un livre sur sa chaise Lafuma – elle était si confortable, avec son système multi-positions, qu'il en gardait une chez lui, une au chalet et une troisième dans le Coyote pour les occasions où il devait se rendre chez quelqu'un ; ces occasions étaient rares, il n'avait plus d'amis, c'est ce qui arrive quand vous vivez dans un monde imaginaire.

Je lisais un roman que j'avais trouvé sur la table du séjour, encombrée de journaux, de volumes (parfois entrouverts et posés à cheval sur la tranche) et d'enveloppes couvertes de griffonnages. Mon livre s'appelait *La beauté des loutres*, d'Hubert Mingarelli, un roman que monsieur Waterman venait de lire et dont il m'avait vanté l'écriture. En l'ouvrant, j'avais d'ailleurs trouvé une enveloppe servant de marque-page, sur laquelle il avait noté que l'on comprenait mieux en quoi consistait le style si on le comparait au vol des oiseaux : par exemple, la buse planait haut dans le ciel, tandis que le chardonneret avait un vol *sinusoïdal* – c'est le mot qu'il employait, je le jure.

Le roman était composé de courts chapitres. À la fin de chacun d'eux, je regardais par la porte-fenêtre et, en cas de doute, j'allais voir sur le balcon. Pour l'instant, la terrasse était déserte. Les lumières de la basse-ville traçaient des lignes droites ou brisées qui fuyaient vers les Laurentides. Dans le ciel, tout près de Vénus, la petite étoile de ma sœur était visible et j'avais même l'impression qu'elle clignotait.

Plus tard, je commençai à cogner des clous. En passant devant la chambre de monsieur Waterman pour refaire du café, je notai par la porte grande ouverte qu'il était couché en chien de fusil, la tête tournée vers la fenêtre. De son lit, en s'appuyant sur un coude, il pouvait voir la terrasse très facilement, car sa fenêtre allait presque jusqu'au sol. Pour l'instant, il dormait ; sa respiration profonde était entrecoupée de sifflements.

Mingarelli avait une écriture plus dépouillée que tout ce que j'avais lu dans ma vie. Son livre racontait une histoire toute simple : une nuit d'hiver, deux hommes dans un camion allaient livrer un chargement de moutons sur l'autre versant d'une montagne. C'était la première fois que je lisais en présence d'une personne endormie et j'avais presque le sentiment de commettre une indiscrétion. Je lisais lentement et, de temps en temps, pour mieux résister au sommeil, je m'obligeais à traduire une phrase dans ma tête.

Je terminai ma lecture vers quatre heures du matin. En me mettant debout pour m'étirer les muscles, j'aperçus brusquement, sur la terrasse, les ombres dont monsieur Waterman avait parlé. Très énervée, je sortis sur le balcon avec les jumelles. Les ombres n'étaient visibles que par intermittence, quand elles se trouvaient à proximité d'un puits de lumière qui éclairait un coin de la toiture.

Je distinguais deux silhouettes, une grande et une petite. Elles s'approchaient l'une de l'autre, gesticulaient, se séparaient et se rejoignaient de nouveau. C'était une nuit sans lune et, à certains moments, je les perdais dans l'obscurité. Il fallait réveiller monsieur Waterman.

J'entrai dans la chambre. Il avait l'air de dormir profondément, mais dès que je lui touchai l'épaule, il poussa un cri sourd et se redressa, les yeux ronds et l'air égaré. Je lui dis que ce n'était rien, que les ombres étaient arrivées et que je le prévenais comme convenu. Il s'assit dans le lit et, gardant les couvertures sur lui, posa ses pieds par terre.

102

Je lui passai les jumelles.

— C'est la vieille femme avec la petite, dit-il immédiatement.

— Oui, dis-je.

— Ça discute fort, on dirait.

La fenêtre de la chambre était divisée en deux sections ; la partie du haut comportait un carreau à guillotine. J'ouvris celui-ci pour que nous puissions entendre le bruit des voix, mais on ne percevait que la faible rumeur de la ville endormie.

Monsieur Waterman continuait de regarder avec les Swarovski. D'après lui, il ne s'agissait pas vraiment d'une discussion. La vieille était la seule à parler, elle gesticulait beaucoup et la petite ne faisait que reculer, les mains tendues devant elle. Il me remit les jumelles en me demandant si je voyais la même chose que lui et si je croyais que l'une des deux avait un pistolet. Comme la fenêtre n'était pas très propre, je regardai par le carreau ouvert, mais j'eus tout juste le temps de voir les deux silhouettes s'engouffrer dans le puits de lumière et disparaître.

— Elles sont parties, dis-je, en posant les jumelles sur la table de chevet.

Monsieur Waterman s'allongea de nouveau dans le lit.

— Quelle heure est-il ?

— Cinq heures moins vingt. Voulez-vous dormir encore un peu ?

— C'est à mon tour de surveiller la terrasse, dit-il.

— Mais non, dis-je. Avec tout le café que j'ai bu, je ne pourrais pas dormir de toute façon.

— D'accord. Mais tu peux rester avec moi si tu veux.

Me tournant le dos, il se remit en chien de fusil. Une minute plus tard, il repoussa les draps et se leva en marmonnant qu'il devait aller aux toilettes. Au dernier moment, je ne résistai pas à l'envie de regarder comment il était vêtu. Je constatai qu'il n'avait qu'un t-shirt s'arrêtant aux hanches et laissant voir ses jambes maigres et un pli au bas des fesses. Quand il revint se coucher, je scrutais la nuit, debout, les coudes appuyés sur le cadre de la fenêtre ouverte.

Au bout d'une heure, je m'allongeai au bord du lit. Il faut croire que, cédant à la fatigue, je dormis un certain temps, car un bruit me réveilla en sursaut. Une sorte de claquement. Monsieur Waterman dormait toujours. Je me levai doucement. Il n'y avait personne sur la terrasse, c'était le petit jour, ma sœur et les autres étoiles avaient disparu.

Je sortis de la chambre sur la pointe des pieds et, après un arrêt aux toilettes, je me rendis sur le balcon. La basse-ville sommeillait encore. L'autoroute Dufferin avec ses lampadaires orangés était déserte et je ne vis que trois ou quatre voitures au carrefour du boulevard Charest et de La Couronne. Je me demandais si je devais refaire du café ou bien rattraper un peu de sommeil sur le divan. À l'instant où j'allais rentrer, l'esprit trop engourdi pour prendre une décision, j'entendis le bruit lointain d'une sirène. Un mugissement bref, sur deux tons.

Le bruit se rapprochait. Me penchant par-dessus le garde-fou, j'aperçus, du côté droit, une ambulance qui venait dans la rue d'Aiguillon. Vert pâle, carrée avec des clignotants rouges sur la cabine, elle ralentissait à chaque intersection et passait sa route en donnant un coup de sirène. Tout près de la tour, au coin de Sainte-Marie, elle vira à droite et je la perdis de vue à cause de la hauteur des immeubles. À l'évidence, elle venait de s'arrêter dans la rue Richelieu. Je n'entendais plus la sirène, et la maison au toit rouge était balayée par des lueurs intermittentes.

Je sentis une main sur mon coude. Monsieur Waterman était à côté de moi. Il avait mis un jean, un coupe-vent et des mocassins, et ses cheveux étaient ébouriffés. Son visage défait me disait, s'il en était besoin, qu'un drame venait de se produire, que c'était peut-être notre faute car nous avions trop attendu. Il fallait aller voir ce qui se passait sans plus tarder. Prenant l'ascenseur, nous sortîmes de l'immeuble presque en courant, fatigués et rongés d'inquiétude.

Dans la rue Richelieu, il y avait une dizaine de badauds parmi lesquels nous reconnûmes la femme de l'épicier. L'ambulance était stationnée, les deux portes arrière ouvertes, en face de la maison que nous avions visitée. Nous attendions sur le trottoir d'en face. J'avais glissé ma main dans la poche du coupe-vent de monsieur Waterman et mes doigts se mêlaient aux siens. Il les serra plus fort lorsque la porte de la maison s'ouvrit.

Nous vîmes sortir une policière. Elle avait des cheveux noirs et frisés qui débordaient de sa casquette. Juste derrière elle venait la jeune fille, et je fus soulagée de voir qu'elle était vivante, quoique très pâle et chancelante. Elle n'avait pas de menottes aux poignets, mais dès qu'elle eut descendu les marches de l'escalier extérieur, la policière se retourna et lui prit le bras ; je ne sais pas si elle voulait la soutenir ou l'empêcher de s'enfuir.

Un murmure s'éleva parmi les badauds lorsque la porte s'ouvrit une deuxième fois. C'étaient les ambulanciers. Ils transportaient quelqu'un sur une civière, et je sentis une boule me monter dans la gorge en voyant que cette personne était entièrement recouverte d'un drap blanc. Les deux hommes installèrent la civière à l'intérieur de l'ambulance, et la jeune fille, toujours escortée de la policière, monta à son tour et s'assit sur une banquette à côté du corps.

C'était peut-être le fruit de mon imagination, mais au moment où la civière était hissée dans l'ambulance, le drap avait glissé et, pendant qu'un des hommes se hâtait de le remettre en place, il m'avait semblé voir une tache rouge s'élargir sur le tissu blanc à la hauteur de la tête.

Cette vision, réelle ou imaginée, me paralysa durant de longues secondes. Je me serrais contre monsieur Waterman et m'accrochais à sa main comme à une bouée de sauvetage. Les ambulanciers refermèrent les deux portes. Voyant qu'ils allaient monter dans la cabine, je fis un effort pour me ressaisir. Je m'approchai du chauffeur et lui demandai s'il se dirigeait vers l'Hôtel-Dieu. Il fit un signe de tête affirmatif.

21

UNE VITRE À L'ÉPREUVE DES BALLES

À l'Hôtel-Dieu, où nous nous rendîmes à pied, je me laissai guider dans les couloirs par monsieur Waterman. À cause de ses problèmes de cœur, il connaissait bien le Service des Urgences et plusieurs membres du personnel.

Je m'attendais à trouver une salle d'attente en effervescence avec des malades allongés, des blessés couverts de bandages sanguinolents, des civières poussées par des secouristes au pas de course. Ce fut tout le contraire : la salle était petite et silencieuse ; encore plus étonnant, il n'y avait personne pour nous accueillir.

Nous prîmes place sur une banquette, entre la policière aux cheveux frisés, qui avait enlevé sa casquette, et deux jeunes amoureux serrés l'un contre l'autre. À notre droite, je vis une distributrice de café, la porte des toilettes et, près du plafond, une télé en marche dont le son était coupé. Le bureau d'accueil se trouvait en face de nous ; il était intégré au mur et protégé par une paroi vitrée qui, d'après son épaisseur, semblait à l'épreuve des balles, comme si c'étaient les employés de l'hôpital, et non les patients, qui couraient un danger. Au fond de la salle, il y avait deux portes coulissantes qui donnaient, selon toute vraisemblance, sur les locaux où l'on dispensait les soins urgents. Derrière ces portes se jouait le sort de deux personnes que nous connaissions, et l'une d'elles, par l'intermédiaire de quelques mots mystérieux sur un bout de papier, était entrée dans ma vie et avait fini par me mettre le cœur à l'envers.

Au bout d'un quart d'heure, une infirmière apparut dans le bureau d'accueil. Monsieur Waterman me souffla à l'oreille qu'il la connaissait : elle lui avait déjà fait passer un électrocardiogramme. Elle fit signe aux deux amoureux d'approcher. Quand ils furent assis en face du bureau, elle leur remit un feuillet par un orifice dans la paroi de verre. Ils se penchèrent en avant tous les deux pour ne rien perdre de ce qu'elle disait, mais comme elle parlait très fort, je n'eus pas de mal à comprendre que les jeunes avaient attrapé une saleté en faisant l'amour et que la pharmacie la plus proche se trouvait à deux pas de l'hôpital, dans la Côte du Palais.

À son tour, la policière s'approcha et s'assit, posant sa casquette sur son genou. Après lui avoir adressé un sourire amical, l'infirmière fit le compte rendu de la situation. Monsieur Waterman, qui avait une respiration sifflante quand il était fatigué, retint son souffle et je pus saisir l'essentiel de leur échange. La jeune Limoilou était en état de choc, comme on pouvait s'y attendre après le drame qu'elle venait de vivre. Elle n'avait cependant aucune blessure physique et devait avant tout se reposer.

Quand la policière fut partie, il ne restait que nous deux dans la salle. L'infirmière nous jeta un regard interrogateur et nous allâmes nous asseoir en face du bureau. Monsieur Waterman expliqua que nous étions des voisins de la jeune fille.

— On a vu l'ambulance et on est venus prendre de ses nouvelles, dit-il simplement.

— Elle dort, dit l'infirmière. On lui a donné un sédatif.

— Ça veut dire qu'elle n'allait pas bien ? demandai-je d'une voix tremblante que je n'aimais pas beaucoup.

— Au début, elle répondait calmement aux questions, et puis elle s'est mise à pleurer et elle ne pouvait plus s'arrêter. Et brusquement, elle a fait une grosse colère, elle bousculait tout le monde et jetait des objets par terre.

— La colère, dit monsieur Waterman, est-ce que c'est pas un bon signe ? Je veux dire, un signe de vitalité ?

— C'est vrai, mais...

L'infirmière s'arrêta et observa mon compagnon avec attention. À mon avis, elle ne le reconnaissait pas. Je ne suis pas une experte pour lire dans les pensées, mais elle semblait plutôt se demander ce qu'il avait en tête et pourquoi il mettait son nez dans cette affaire. Elle se disait peut-être qu'il était journaliste et qu'il voulait écrire un article sur la qualité des soins dispensés au service des urgences.

— On ne peut pas savoir, dit-elle. La colère pourrait se retourner contre elle. On lui donnera un coup de main quand elle se réveillera. Pour l'instant, elle a besoin de repos, c'est tout.

— Elle va dormir longtemps ?

— Quelques jours. Pourquoi toutes ces questions ?

C'était le moment d'intervenir, alors je dis :

— Nous aimerions l'aider...

Ma voix tremblait encore un peu. L'infirmière fronça les sourcils, tourna les yeux vers moi. Je sentis que ma crinière rousse, mes taches de rousseur et mon air juvénile ne lui inspiraient pas plus confiance que la barbe grisonnante et la maigreur extrême de monsieur Waterman. En plus, elle s'interrogeait probablement sur la nature de nos rapports. Peut-être qu'elle se demandait si nous n'étions pas des proxénètes, comme il en existait un certain nombre dans le quartier. Pourtant, nous n'avions pas l'air de ce genre de crapules, si je peux me permettre.

Malheureusement, je n'avais pas le temps de lui raconter comment nous avions trouvé le chat noir à l'île d'Orléans, comment le message caché sous son collier nous avait conduits à l'appartement de la fille, et comment les ombres qui s'agitaient sur la terrasse nous avaient annoncé qu'un drame se préparait.

Je ne pouvais pas non plus lui parler de ma sœur.

Alors, surmontant l'inquiétude qui me tenaillait, je lui fis mon sourire le plus doux. Un sourire qui voulait ressembler à celui dont parlait Scott Fitzgerald quand il écrivait : « Elle adressa un mince sourire à Lew pendant un instant, et puis visa un peu à côté, comme si elle avait tenu une lampe de poche qui pouvait l'éblouir. »

L'infirmière eut l'air de réfléchir. Il n'y avait personne d'autre dans la salle et elle pouvait prendre son temps. Monsieur Waterman insista :

— J'habite à côté de chez elle et je la vois souvent.

Ce n'était pas faux, puisqu'il la regardait avec ses jumelles. L'infirmière nous enveloppa d'un regard qui semblait moins soupçonneux.

— Et qu'est-ce que vous pourriez faire pour l'aider ? demanda-t-elle.

— On n'a encore rien décidé, dit-il.

— Ne vous inquiétez pas. Une travailleuse sociale va s'occuper d'elle quand elle sera réveillée et qu'elle aura repris des forces.

— Ça veut dire combien de jours ? demandai-je avec ma drôle de voix.

— Trois ou quatre jours.

— Et la vieille dame... ? s'informa monsieur Waterman dans un souffle.

Un pli barra le front de l'infirmière et elle avala sa salive.

— Elle a réussi ce qu'elle voulait faire, dit-elle sombrement, puis elle se leva et sortit par l'arrière du bureau.

22

LE SAUT DE L'ANGE

Une grande fatigue s'abattit sur nous après notre visite à l'Hôtel-Dieu. Monsieur Waterman était épuisé physiquement, et moi moralement, car la mort de la vieille me rappelait celle de ma mère, emportée par un cancer de l'intestin. Admise à l'hôpital, puis opérée sans résultat, elle avait supplié qu'on abrège ses jours. Personne n'avait accédé à son désir (moi-même j'aurais refusé si elle me l'avait demandé), et elle était morte à petit feu. Elle qui avait toujours été si vivante, si impétueuse.

Renonçant à travailler, monsieur Waterman proposa que nous prenions quelques jours de repos à l'île, même si ce n'était pas encore la fin de semaine. Avant de descendre le chemin de terre menant chez moi, je repris la clé que j'avais laissée à la fillette. Elle me raconta qu'elle s'était rendue deux fois au chalet et qu'elle avait montré à Famine comment se faire accepter par la vieille Chaloupe. À présent, disait-elle avec fierté, le petit chat noir n'avait plus besoin de se cacher dans la cabane d'oiseaux. Je la remerciai de bon cœur, ne jugeant pas utile de lui apprendre que les chats sympathisaient depuis un bon moment déjà.

J'avais prévenu monsieur Waterman qu'il ne devait pas s'attendre à une tranquillité complète parce que, avec l'arrivée de l'automne, les cultivateurs avaient entrepris de moissonner les champs situés près du chalet. Par beau temps, il fallait supporter le vacarme incessant des diverses machines qui fauchaient le foin, le retournaient pour le faire sécher, le disposaient en lignes régulières (les andains), puis le ramassaient sous la forme de grosses balles qui étaient lancées bruyamment dans un chariot pris en remorque.

Sans arrêt, une buse volait en cercle au-dessus de nos têtes : c'était le signe que, dans les champs d'alentour, les mulots et autres petites bêtes étaient délogés de leurs terriers. Heureusement pour les rongeurs et pour nous, peu de temps après notre arrivée, une pluie fine et tenace se mit à tomber, interrompant les moissons. Le mauvais temps nous garantissait un peu de paix.

J'allumai le poêle à bois. Nous ne parlions pas beaucoup, et surtout pas de la petite Limoilou ; nous étions des experts dans l'art d'éviter le sujet qui nous préoccupait. Plusieurs questions nous trottaient dans la tête, mais nous n'avions pas les réponses pour l'instant : c'était trop difficile. Dans les circonstances, m'occuper du poêle à bois était ce que je pouvais faire de mieux. Je mettais juste la quantité de bois qu'il fallait, sans quoi on avait trop chaud, on devait ouvrir les deux portes et toutes les fenêtres. Et alors, l'humidité rentrait.

De son côté, monsieur Waterman se réfugia dans la lecture. Fouillant dans ma bibliothèque – bien maigre à cause de mes nombreux déplacements, et composée surtout de dictionnaires –, il avait trouvé les *Lettres à Milena* de Franz Kafka. Un livre que je traînais avec moi depuis l'époque de mes études à Genève. Il m'avait été recommandé par un professeur très original dont le cours s'intitulait « La traduction est une histoire d'amour ».

Pendant qu'il lisait, bien calé dans sa chaise longue et les genoux relevés, j'étais allongée sur le divan-lit. Je ne faisais rien d'important. Je jouais avec le chat noir. La vieille Chaloupe était dehors sous la pluie. De temps en temps, je me levais pour mettre un morceau de bois dans le poêle. J'essayais de ne pas trop penser à la petite.

Je passai l'après-midi et une partie de la soirée dans une sorte de torpeur entrecoupée de brefs souvenirs qui me revenaient à l'esprit sous forme d'images ou de mots. Par exemple, cette phrase que j'avais notée pendant le cours dont je viens de parler : « Chaque jour, pour être fidèle à votre texte, mes mots épousent les courbes de votre écriture, à la manière d'une amante qui se blottit dans les bras de son amoureux. » C'était Milena qui s'adressait ainsi à Kafka. Mais je ne me souvenais plus si la phrase appartenait vraiment à la traductrice tchèque ou si ce n'était pas plutôt mon professeur qui la lui avait mise dans la bouche afin d'illustrer sa thèse. Je penchais pour cette dernière possibilité, sachant très bien, comme tous les traducteurs, que les lettres de Milena, contrairement à celles de Kafka, n'avaient pas été conservées.

Il n'était que vingt et une heures trente et déjà nous tombions de sommeil. Monsieur Waterman se coucha comme d'habitude dans le solarium. Pour ma part, je m'allongeai dans la cuisine sur un lit de camp avec l'intention de surveiller le poêle. En automne, le solarium était la pièce la plus froide du chalet, et je ne voulais pas que l'écrivain attrape du mal. À ma manière, un peu rétive, c'était quand même l'homme que j'aimais le plus au monde. Comme les chats, je ne dormais que d'un œil, je me levais de temps en temps pour ajouter un quartier de bouleau ou d'érable. En plus d'être zouave, j'étais bien partie pour devenir mère poule.

Un peu avant l'aube, la pluie cessa de tambouriner sur le toit. Quand je me relevai une dernière fois pour ranimer le feu, je sortis par l'arrière sans faire de bruit. Il y avait un vent léger et je restai dehors à frissonner dans l'air frais jusqu'au moment où j'aperçus Vénus et la petite étoile.

Après le déjeuner, monsieur Waterman s'installa de nouveau avec son livre dans le solarium. L'envie me prit de faire une sieste pour récupérer le sommeil perdu, mais tout à coup je me remis à songer à ma mère. Elle n'était jamais fatiguée. Nous pensions, ma sœur et moi, qu'elle était entièrement à notre service. Nous la traitions comme une esclave. Elle se levait la nuit si l'une de nous était malade, faisait un cauchemar ou réclamait un verre d'eau. À l'adolescence, lorsque nous rentrions d'une fête au milieu de la nuit, elle n'était pas encore couchée, et cela ne l'empêchait pas d'être debout, le lendemain, pour nous servir des Corn flakes et des toasts avec du miel. Elle débordait d'énergie, ce qui expliquait par ailleurs les accès de colère qui la faisaient ressembler à Maureen O'Hara dans le film de John Ford.

L'image de ma mère si pleine de vie me fit sortir de ma torpeur. Une fonceuse comme moi devait faire semblant d'être dans une forme olympique. Je mis mon bikini et, traversant le solarium, je quittai le chalet par la porte avant. Monsieur Waterman m'observait certainement par la fenêtre, alors je pris mon temps pour descendre le talus qui menait à l'étang. J'étais une championne, l'herbe mouillée n'était pas trop froide pour mes pieds nus, l'automne n'était pas arrivé, les érables n'avaient pas commencé à rougir. Adoptant un air aussi naturel que possible, je me rendis au début de la jetée, et là, les bras allongés sur le côté comme si j'avais des ailes, je pris un élan. Je me proposais d'exécuter un magnifique saut de l'ange, mais à l'instant où je pliais les genoux pour prendre mon envol à l'autre bout, mes pieds glissèrent sur le bois humide et je heurtai violemment la dernière planche avec ma tête.

Sur le moment, je perdis conscience. Quand je repris mes esprits, j'étais sous l'eau, je suffoquais. D'un coup de pied sur le fond limoneux, je remontai à la surface. Monsieur Waterman arrivait en courant. Je toussais et crachais comme une malade. Il se précipita au bout de la jetée et me tendit l'espèce de perche que j'utilisais pour arracher les algues.

J'en attrapai l'extrémité et, très vite, il me tira jusqu'à la rive. Dégoulinante, agitée de frissons, je ne pouvais m'arrêter de toussoter. Malgré son mal de dos, il me prit dans ses bras et me porta jusqu'au chalet. Étirant le bras, j'ouvris moi-même la porte moustiquaire. La dernière fois qu'on m'avait portée de cette façon, c'était en hiver, j'avais sept ans, la glace de la rivière s'était brisée et un voisin m'avait ramenée à la maison.

Monsieur Waterman me déposa sur le lit de ma chambre, se redressa et cambra le dos en grimaçant. Il alla prendre une serviette et une couverture de laine dans l'armoire et me dit que je devais enlever mon bikini. Il me donna la serviette et sortit de la chambre. Pendant que je retirais mon vêtement et que je m'essuyais, je l'entendis qui remettait du bois dans le poêle. Quand il revint, j'étais allongée sur le dos. La couverture de laine me couvrait jusqu'aux yeux ; il sourit et la replia sous mes pieds.

C'était plus fort que moi, je continuais de frissonner. S'asseyant sur le lit, il mit la main sur mon front comme ma mère faisait quand j'étais petite ; je scrutai vainement son visage ridé pour savoir si j'avais de la fièvre. Ensuite il me fit tourner la tête et, glissant ses doigts sous ma chevelure rousse, il tâta la bosse que j'avais derrière le crâne. Je sentais une douleur assez vive, mais il me rassura en disant que, d'après lui, ce n'était rien d'autre que la bosse de la traduction.

Un peu dépitée, je me mis à claquer des dents, comme si j'avais encore très froid. Je voulais qu'il pense que j'avais peut-être attrapé une maladie grave, une pneumonie ou n'importe quoi. J'avais envie qu'il s'occupe de moi, si vous voulez le savoir. D'une voix basse, presque bourrue, il me demanda de me tourner sur le ventre et il sortit de la chambre. À son retour, il abaissa le drap jusqu'à ma taille et, quand il commença à me frictionner, la pièce fut envahie par l'odeur forte de l'antiphlogistine. Une bonne chaleur me pénétrait à mesure qu'il frottait mes épaules, mon dos, mes reins. J'aurais voulu que ça ne s'arrête jamais et, pour un peu, je me serais mise à ronronner.

23

LES YEUX CERNÉS

Même s'il avait grandi, le petit chat noir tenait à l'aise dans le capuchon de mon chandail. Heureusement, il ne bougea pas quand je demandai le numéro de la chambre à l'infirmière du poste de garde.

Tendant l'oreille, je tapotai du bout des doigts sur la porte de la chambre : pas de réponse. Nous nous regardâmes, monsieur Waterman et moi, puis j'entrouvris la porte. Il y avait deux lits. Dans celui qui était près de la fenêtre, je reconnus les cheveux blonds et très courts de la fille. Elle avait le dos tourné et semblait regarder dehors. L'autre lit était vide.

Monsieur Waterman me chuchota d'entrer toute seule pour commencer. Et il me fit une caresse dans le dos ; l'encouragement s'adressait moitié à moi, moitié au chat dissimulé dans mon capuchon.

J'entrai sur la pointe des pieds.

La fille était immobile. Je vis, en m'approchant, qu'elle avait un walkman sur les oreilles. Quand je posai le chat sur le lit, elle se retourna brusquement, les yeux agrandis. Elle avait des cernes mauves autour des yeux, le teint très pâle, elle portait un chandail aussi noir que le chat et je me rendis compte à cet instant qu'elle était incroyablement belle.

Le chat grimpa sur ses jambes, puis sur son ventre. Elle lui offrit une main, paume ouverte, et il tendit son museau pour la sentir. Ensuite il lui lécha les doigts. Le chandail de la fille était un peu trop grand, de sorte que les manches dissimulaient ses poignets.

— Salut Ti-Mine ! fit-elle. Qu'est-ce que tu fais ici ?

Elle le souleva à deux mains, le posa sur sa poitrine et lui caressa le menton et l'arrière des oreilles. Puis elle tourna vers moi ses yeux cernés et remplis de larmes, et me regarda sans rien dire. J'avais une boule dans la gorge, mais il valait mieux ne pas le montrer.

— J'habite à l'île d'Orléans, dis-je après m'être éclairci la voix. Ton chat est arrivé un beau matin et il est resté.

— Il a grandi...

On dit que les chats n'ont pas de mémoire. Pourtant, il avait l'air de la reconnaître : il frottait son museau dans le cou de la fille et ronronnait. Elle réfléchissait à voix haute tout en le caressant. Je dis *à voix haute*, mais tout ce que j'entendais, c'était un murmure.

— Ça veut dire que t'as lu le message... Mais comment ça se fait que tu m'as trouvée ?

— J'ai une vraie tête de mule. Et puis, un ami m'a aidée.

— C'est lui qui chuchotait, tout à l'heure, quand t'as ouvert la porte ?

— Tu nous as entendus malgré le walkman ?

— Il est pas allumé. Je mets les écouteurs pour que les infirmières me laissent tranquille. Elles voudraient que je dise oui à la proposition de quelqu'un qui est venu me voir. Une travailleuse sociale.

Je me penchai vers elle pour mieux entendre ce qu'elle disait.

— Quel genre de proposition, si c'est pas indiscret ?

— Aller dans un foyer d'accueil.

— Et qu'est-ce que t'en penses ? demandai-je avec inquiétude.

Ma voix n'était pas normale, je suppose, car elle me regarda longuement avant de répondre. Elle était sur ses gardes.

— Ça dépend, dit-elle. En tout cas, je peux pas retourner où j'étais. Les raisons, j'imagine que tu les connais.

— Je les connais parce que moi aussi j'ai rencontré la travailleuse sociale : c'était avant-hier et mon ami était avec moi. On avait une idée et on voulait lui en faire part.

— C'est quoi, l'idée ?

— Je ne suis pas sûre d'être capable de bien l'expliquer. Si mon ami était là... Je veux dire, si ça ne te dérange pas qu'il entre, peut-être qu'à nous deux, on aurait des chances de trouver les mots justes.

— Ça me dérange pas, dis-lui d'entrer.

Elle s'assit dans le lit, plaçant le chat entre ses genoux, et j'allai ouvrir la porte à monsieur Waterman. Il me regarda au fond des yeux, essayant de savoir si tout se passait bien. Je lui fis un petit sourire pour lui dire qu'il y avait de l'espoir, puis il entra et s'approcha du lit. J'étais heureuse de pouvoir compter sur son aide. Ce matin-là, il s'était donné la peine de tailler sa barbe grise dans le but d'offrir ce qu'il appelait un *visage plus humain*. Il avait assez belle allure, si je peux me permettre.

— C'est monsieur Waterman, dis-je à la fille.

— Bonjour. Moi, c'est Limoilou.

— Et moi, c'est Marine.

Il y eut un moment de gêne, puis la fille nous fit signe de nous asseoir. Monsieur Waterman s'appuya le dos contre la tablette de la fenêtre, tandis que je m'asseyais sur le pied du lit. Je cherchais les mots qui me permettraient d'expliquer clairement ce que nous avions en tête, mais elle me devança :

— Je sais ce que vous voulez, dit-elle. Vous êtes une famille d'accueil.

— Pas vraiment, dis-je.

— J'aime autant vous le dire : les familles d'accueil, j'ai déjà essayé plusieurs fois et ça n'a pas marché.

— On n'est même pas une vraie famille, dit monsieur Waterman.

— Comment ça ?

— Marine demeure à l'île d'Orléans avec une vieille chatte. Moi, j'habite tout seul dans le quartier Saint-Jean-Baptiste, pas loin de chez toi.

— T'es à la retraite ?

— Non, j'écris des histoires. Il n'y a pas de retraite pour ceux qui écrivent des histoires.

— Et moi, je traduis ses histoires en anglais, dis-je. On n'habite pas sous le même toit, mais on est souvent ensemble.

La fille nous regardait l'un après l'autre de ses grands yeux cernés, sans arrêter de flatter son chat. Le front plissé, elle soupesait chacune de nos paroles.

— Vous n'êtes pas amoureux ?

— On s'aime beaucoup, dis-je. Monsieur Waterman vient souvent à l'île, et parfois c'est moi qui me rends à Québec. On n'a pas vraiment décidé de vivre comme ça, mais c'est ce qui nous convient pour l'instant.

— Et qu'est-ce que vous proposez ?

Au moment où, surmontant mes craintes, j'allais essayer de répondre, des pas se firent entendre dans le couloir. La fille dissimula le chat noir sous les couvertures. On frappa à la porte, une infirmière passa la tête dans l'encadrement et lui demanda si elle avait besoin de quelque chose. Les draps remontés jusqu'au menton, elle secoua négativement sa tête blonde.

— Qu'est-ce que vous proposez, au juste ? reprit la fille dès que l'infirmière eut quitté la chambre.

— Si le cœur t'en dit…, commençai-je.

— *Uniquement* si le cœur t'en dit, insista monsieur Waterman.

— Tu pourrais t'installer à l'île avec ton chat.

— Et quand tu aurais envie d'être en ville, tu n'aurais qu'à venir habiter chez moi, dans le quartier que tu connais.

Le chat sortit de sous les couvertures et se coucha au creux de l'épaule de la fille, le museau dans son cou.

— C'est comment, à l'île ? demanda-t-elle.

Avec l'aide de monsieur Waterman, qui complétait mes phrases et ajoutait des détails par-ci par-là, je décrivis le chalet au milieu des érables aux feuilles jaunes et rouges, la chambre qu'elle pouvait occuper, le poêle à bois, le grand solarium, l'étang bordé de fleurs et d'arbustes fruitiers qui devenait une patinoire en hiver, et la drôle de petite fille du bout de la route. Je mentionnai la cabane à bois qui pouvait être convertie en logement indépendant pour l'été. Je parlai de tous les animaux : la vieille Chaloupe et sa démarche oscillante, les ratons laveurs qui apparaissaient à la brunante, le couple de hérons bleus, les écureuils qui se poursuivaient d'une branche à l'autre, le renard roux avec sa longue queue, la biche qui descendait la côte en marchant comme un *top model*, sans oublier les anciens chevaux de course à qui je faisais la conversation.

Il ne me sembla pas utile, pour l'instant, de parler des maringouins, des mouches à chevreuil, de l'odeur du lisier répandu dans les champs d'alentour ni du bruit des machines agricoles.

Je terminai par quelques mots sur mon travail, disant que j'écrivais mes traductions à la main et que je ne refuserais pas l'assistance d'une personne capable de taper mes textes. Monsieur Waterman ajouta qu'il était dans la même situation.

Ayant dit l'essentiel et un peu plus, je me tus. J'allai m'asseoir sur le lit inoccupé. Monsieur Waterman, qui m'avait soutenue par ses paroles et par des regards chaleureux, vint se mettre à côté de moi. C'est alors que la fille, à notre grande surprise, remit son casque d'écoute et se retourna carrément vers la fenêtre.

Nous avions manqué notre coup. Mes explications lui avaient déplu, ou j'avais trop parlé. Peut-être que le chalet lui paraissait trop isolé. Ou bien elle n'aimait pas du tout la campagne. Ou encore c'est moi qu'elle n'aimait pas : avec ma crinière rousse et l'air farouche que je tenais de ma mère, je faisais peur à certaines personnes.

Je vis une lueur de découragement dans les yeux de monsieur Waterman. Par signes, il me fit comprendre qu'il valait mieux reprendre le chat et nous retirer sur la pointe des pieds. C'est ce que nous allions faire quand la fille se retourna à moitié et, d'une voix tout juste perceptible :

— Je suis trop fatiguée, dit-elle. Il faut que je réfléchisse... Je vais parler avec la travailleuse sociale... C'est elle qui va vous appeler.

Elle se tut. Je remis le chat dans mon capuchon et nous sortîmes sans faire de bruit.

24

LES MOTS DOUX

Monsieur Waterman retourna dans sa tour en attendant que je lui fasse signe. Il avait envie d'inclure dans son texte l'un ou l'autre des événements que nous avions vécus ensemble depuis le début de l'été. Quand je lui ai demandé si son travail avançait mieux, il a répondu que, malheureusement, ce n'était pas « le chef-d'œuvre immortel de Fenimore Cooper ».

De mon côté, au chalet, je ne tenais pas en place. Avec le vieil Électrolux qui vrombissait comme un Boeing 747, je nettoyai toutes les pièces à fond, y compris ma chambre où je libérai la moitié du placard et deux des quatre tiroirs de la commode. Je ne savais pas exactement ce que l'avenir me réservait, mais cette fois l'incertitude me poussait à l'action. Mon énergie était revenue et je me disais que ma mère aurait été fière de moi.

Lorsque le chalet fut propre, les deux chats émergèrent de sous le divan-lit et reprirent possession des lieux. Emportant le combiné du sans-fil, que je posai sur la table à pique-nique, je sortis en petite tenue malgré la fraîcheur de l'air. Pendant au moins une heure, j'arrachai les dernières algues de l'étang. Ce travail terminé, j'entrepris une opération que j'avais maintes fois envisagé d'accomplir, sans jamais passer à l'acte. Dans mon esprit, cette opération s'appelait *la déportation des ouaouarons*. Il s'agissait d'attraper les bruyantes grenouilles une à une avec une épuisette, de les mettre dans un seau et de les transporter chez le plus proche voisin, qui possédait lui aussi un étang. Je me mis d'abord à la poursuite de Monsieur Toung, le ouaouaron dont le coassement était le plus agaçant, celui qui se cachait sous la jetée, utilisant celle-ci comme caisse de résonance pour amplifier sa voix de contrebasse. Plus rapide que moi, il disparut dans l'eau limoneuse à la première alerte et je ne le revis jamais. Je n'eus pas plus de succès avec ses congénères et, au bout d'une demi-heure, je renonçai à mon entreprise.

Le téléphone ne sonnait toujours pas. Je retournai au chalet pour prendre mon sac de couchage et j'allai m'allonger dans l'herbe à la Croisée des murmures, au milieu des fleurs que je préférais, les épervières orangées. Dans le ciel, une bande de corneilles essayait de mettre une buse en fuite. Le temps passait très lentement, mon inquiétude grandissait et je n'étais pas loin d'avoir les bleus, si vous voulez le savoir.

Le ton impératif de la sonnerie me fit sursauter. C'était la travailleuse sociale : Limoilou voulait nous voir le plus tôt possible. J'appelai tout de suite monsieur Waterman. Trois quarts d'heure plus tard, nous entrions dans la chambre de la fille. Avec ses yeux cernés, elle était toujours aussi émouvante, mais son visage affichait un air plus résolu. Je n'avais pas apporté le chat noir, et je le regrettai un peu quand j'entendis la première question :

— Mon petit chat, est-ce qu'il s'entend bien avec la vieille Chaloupe ?

— Au début, c'était difficile, dis-je. La chatte n'acceptait aucun animal dans son territoire, même s'il était plus gros qu'elle. Les ratons laveurs, par exemple : ils sont beaucoup plus gros, et pourtant elle fonçait sur eux ventre à terre et ils avaient la frousse. Ils grimpaient dans un arbre.

— Et Chaloupe, elle ne grimpe pas ?

— Non, elle n'a plus de griffes.

— Quoi ?... Tu lui as coupé ses griffes ?

— Mais non ! Elle était dégriffée quand je l'ai trouvée à la Société protectrice des animaux.

— Ah ! tu l'as *adoptée*...

— Oui.

Assis à côté de moi sur le lit inoccupé, monsieur Waterman appuya son épaule contre la mienne et je poursuivis mon explication :

— C'était difficile pour le chat noir au début. La chatte fonçait sur lui et il était obligé de se cacher. Parfois il se réfugiait dans une cabane d'oiseaux, une grande cabane dont l'ouverture avait été agrandie par les écureuils. Je devais les nourrir séparément. Mais le petit chat était rusé et très patient, et Chaloupe est devenue moins agressive. Ils ont fait la paix et se sont mis à manger dans le même plat et à dormir ensemble comme de vieux amis.

Une lueur brilla dans les yeux de la fille, mais ensuite je fus étonnée de voir qu'elle nous tournait le dos comme la première fois. Elle remit son casque et, en plus, elle alluma son walkman. Vu que monsieur Waterman n'avait rien dit pendant mon explication, j'étais la seule responsable. C'était entièrement ma faute. J'avais trop parlé et raconté des niaiseries, la cabane d'oiseaux, les écureuils et tout ça. La petite avait besoin de repos, elle n'avait pas envie de vivre avec une *placoteuse* dans mon genre.

Je cherchai le regard de monsieur Waterman pour voir ce qu'il en pensait. Ses yeux ne montraient aucune anxiété ; ses bras croisés et son sourire patient me disaient qu'il fallait attendre. Comme la fille avait le dos tourné, je posai ma tête sur l'épaule de mon ami. Au bout d'un moment, il me fit signe de bien regarder par la fenêtre : elle donnait au nord-est, où se profilait la délicate silhouette du pont de l'île d'Orléans. Peut-être que la fille regardait en direction de chez moi, pesant le pour et le contre, et cette pensée me réconforta un peu. Quand monsieur Waterman mit un bras autour de mon épaule, je compris qu'il s'accrochait lui aussi à cet espoir.

Pendant de longues minutes, nous entendîmes, assourdi par le casque d'écoute, le rythme métallique et obstiné d'une musique techno. Puis Limoilou se retourna brusquement. Elle avait le visage défait et une larme coulait de ses yeux cernés.

— Je suis bonne à rien, se plaignit-elle. Pourquoi vous intéressez-vous à moi ?

Sur le coup, je ne trouvai rien à dire, monsieur Waterman non plus. Alors, se cachant la tête dans l'oreiller, elle éclata en sanglots. C'était comme si elle manquait d'air, comme si elle étouffait. Elle pleurait toutes les larmes de son corps. Je m'approchai du lit et, voyant que son dos était agité de frissons, je posai une main sur son épaule. Elle n'avait que les os et la peau.

Je ne savais pas quoi faire. Ça m'intimide toujours, les gens qui pleurent. Les sanglots arrivaient par vagues, et moi j'étais debout au bord de la mer, impuissante. Je lui caressais doucement le dos et les épaules. Son chagrin avait été contenu trop longtemps, le barrage avait cédé et son cœur se vidait peu à peu. Quand une vague était passée, il en arrivait une autre, qui venait de plus loin, et encore une autre.

Elle n'arrêtait pas de pleurer. Les yeux de monsieur Waterman me suppliaient, alors je pris une décision. Ayant retiré mes chaussures, je m'allongeai sur le lit, par-dessus les couvertures. Je passai un bras sous sa tête, l'autre autour de sa hanche. Très doucement, pour ne pas l'effaroucher, et aussi parce que j'avais peur moi-même, je la tirai vers moi en retenant mon souffle. Elle se laissa faire. Quand elle nicha sa tête au creux de mon épaule, je sentis ses larmes couler dans mon cou.

J'avais beau lui frotter le dos, elle continuait de frissonner et de pleurer. Monsieur Waterman vint s'asseoir de l'autre côté du lit et commença de lui caresser les cheveux. Tandis qu'il faisait ce geste, les rides de son visage étaient adoucies par une lumière que je n'avais pas vue depuis longtemps, peut-être depuis le moment où nous nous étions rencontrés pour la première fois dans le cimetière du Vieux-Québec.

L'image du cimetière me fit penser à ma mère. Quand j'étais petite et que j'avais un chagrin à n'en plus finir, elle me prenait sur elle dans la grande chaise berçante de la cuisine et me berçait en murmurant des mots doux, des mots qui ne veulent rien dire et servent uniquement à consoler les enfants qui ont de la peine. C'est ce que je tentai de faire à mon tour. Serrant la fille dans mes bras, je me mis à la bercer en lui murmurant à l'oreille tous les mots doux qui me revenaient en mémoire et d'autres que j'inventais. Peu à peu, les larmes diminuèrent, les sanglots qui secouaient ses épaules et son dos s'espacèrent. Elle cessa de pleurer. Sa respiration demeura oppressée un moment, puis s'apaisa.

Lorsque je desserrai les bras, elle s'écarta de moi et redressa la tête. Son visage était tout mouillé. Monsieur Waterman fouilla dans ses poches et lui tendit un kleenex.

— Il est propre, dit-il avec une grimace comique.

La fille eut un rire nerveux, puis se remit à pleurer et, un long moment, elle hésita entre le rire et les larmes. Enfin, elle se calma. Elle s'assit dans le lit, le dos calé sur les oreillers, et poussa un long soupir qui semblait indiquer que la crise était passée. Elle haussa les épaules, comme pour s'excuser, puis allongea un bras pour replacer les draps. Dans ce geste, une manche de son chandail glissa, découvrant la cicatrice de son poignet, mais elle ne s'en rendit pas compte. Au contraire, un petit sourire apparaissait sur son visage. C'était nouveau et rassurant, et monsieur Waterman s'en apercevait lui aussi.

Elle déclara :

— O.K., on s'en va à l'île, mais...

Une main levée, elle cherchait ses mots. Voyant qu'elle ne trouvait rien, mon compagnon lui vint en aide :

— Je sais, dit-il. C'est seulement pour faire un essai, tu ne t'engages à rien. Si tu n'es pas bien, si le chalet ne te convient pas, on te ramène ici ou à l'endroit que tu voudras. Il n'y a pas de contrat entre nous. Tu restes libre et nous aussi.

Elle fit oui de la tête à plusieurs reprises pour signifier que c'était bien ce qu'elle voulait dire. Monsieur Waterman et moi, nous fîmes le même signe, afin qu'elle sache que nous étions également de cet avis et que c'était entendu une fois pour toutes.

— Mais je veux y aller tout de suite, ajouta la fille en repoussant les draps.

Assise au bord du lit, elle cherchait ses pantoufles du bout des pieds. Quand elle se mit debout, nous vîmes qu'elle portait un pantalon de pyjama bleu pâle qui était trop grand pour elle. Les pantoufles aussi. C'était probablement la travailleuse sociale qui lui avait prêté des vêtements.

Traversant la chambre d'un pas incertain, mais l'air décidé, elle ouvrit la porte de la garde-robe. Elle en sortit un jean de la même couleur que le pyjama et des souliers de tennis. Puis elle revint s'asseoir sur le lit et dénoua le cordon de son pyjama.

— Je vais chercher le Coyote, dit monsieur Waterman.

Il tourna le dos à la fille et je le reconduisis jusque dans le couloir. Tout allait plus vite d'un seul coup. Il devait passer par le bureau de la travailleuse sociale pour obtenir un billet de sortie ou un document de ce genre. Les vêtements, la nourriture, on s'en occuperait plus tard. Il fallait penser à trente-six affaires en même temps, et c'était difficile à cause des émotions : notre cœur en était plein à déborder.

Monsieur Waterman partit en courant dans le couloir, puis revint subitement vers moi et m'embrassa sur la joue. Sa barbe piquait, car elle était taillée du matin, et pourtant la caresse était très douce.

25

LE PARADIS TERRESTRE

C'était le premier matin.

Je me levai de très bonne heure. Les étoiles n'avaient pas fini de s'éteindre quand je m'installai dans le solarium pour travailler. Bientôt, mon attention fut distraite par des bruits que je n'avais pas coutume d'entendre un jour de semaine. La porte du frigo, les assiettes dans l'armoire, un glissement de pantoufles, le frottement d'une chaise sur le parquet, le tintement d'une cuillère dans une tasse, le déclic du grille-pain et puis la vaisselle dans l'évier : chacun de ces bruits me faisait tendre l'oreille et résonnait dans ma tête.

Ensuite, le silence revint.

Le soleil dépassa la tête des érables qui bordaient le chemin de terre. Il ne tarda pas à éclairer le chalet, l'étang et les alentours.

Je repris mon travail. Dans le chapitre que je traduisais, qui était le dernier, monsieur Waterman avait enlevé tous les mots inutiles, il avait soigné la ponctuation, et j'essayais de lui être fidèle. Comme Milena, je voulais que mes mots épousent les courbes de son écriture.

En quittant mon texte des yeux pour consulter mon *Harrap's*, j'aperçus Limoilou au bord de l'étang. Elle portait son pyjama bleu pâle et son chandail noir. Le jeune chat venait derrière elle et lui-même était suivi de la vieille Chaloupe qui avançait en balançant son gros ventre. Quand la fille s'arrêtait, les deux chats faisaient de même. J'aurais aimé que monsieur Waterman fût là, alors je me mis à chercher les mots justes afin de lui décrire ce que je voyais.

C'était l'été des Indiens, la température avait soudain remonté. Tout de même, je souhaitais de toutes mes forces que la petite ne prenne pas froid dans son pyjama. Elle enleva ses pantoufles... Maintenant elle marchait pieds nus dans l'herbe mouillée et je commençais à trouver qu'elle exagérait un peu. Je ne tardai pas à comprendre ce qui se passait : les hérons bleus étaient installés au bout du quai. Elle ne voulait pas les effrayer avec le frottement de ses pantoufles dans l'herbe.

Limoilou s'avançait très doucement et les deux hérons ne s'envolaient pas, j'en avais le souffle coupé. Et les chats continuaient de la suivre pas à pas. Tout allait bien, j'étais heureuse et inquiète en même temps.

Je jetai un coup d'œil vers le haut de la côte par la porte du solarium. Pour tout dire, je n'aurais pas été surprise de voir le renard roux, ou même la biche aux chevilles de mannequin, descendre le chemin de terre en trottinant pour aller se joindre au cortège de la fille et des deux chats.

TABLE

CRÉDITS

Isabelle Eberhardt, *The Passionate Nomad*, Boston, Beacon Press, 1987, traduction de Nina de Voogd.

Dompierre et O'Gallagher, *Les témoins parlent. Grosse-Isle 1847*, Livres Carraig Books, 1995.

Sylvie Durastanti, *Éloge de la trahison*, Le Passage, Paris-New York Editions, 2002.

OUVRAGE RÉALISÉ
PAR LUC JACQUES, TYPOGRAPHE
ACHEVÉ D'IMPRIMER
EN JUIN 2009
SUR LES PRESSES
DES IMPRIMERIES TRANSCONTINENTAL
POUR LE COMPTE DE
LEMÉAC ÉDITEUR
MONTRÉAL

DÉPÔT LÉGAL
1re ÉDITION : FÉVRIER 2006
(ÉD. 01 / IMP. 05)

Imprimé au Canada